9 décembre 1912
Monsieur Alfred Beurdeley
79 Rue de Clichy

COLLECTION HENRI ROUART

(mon catalogue noté par moi)

TABLEAUX

ANCIENS & MODERNES

PREMIÈRE VENTE

2,43

COLLECTION HENRI ROUART

PREMIÈRE VENTE

77 Tableaux anciens.
208 Tableaux modernes.
285 Tableaux.

4 Boudin 78 à Trouville. 79. Un port
82 Bazin
1 J L Brown 82 Cavaliers. 81 Foin Bretagne
8 Cals. 83 Paysanne ten^t un enfant. 84 Le Dimanche à St Siméon
1 Miss Cassatt 85 Le vieux pecheur.
5 Cezanne 1 Le thé n° 91.
2 Chaplin 97 P^t de Mme Feydeau née Blanqui
2 Ch. Ch. 98 P^t de Mr Feydeau. 99 Paysage
47 Corot. 100 Effet du matin
8 Courbet
2 Couture 158 J^e fille au bord de la mer.
14 Daumier 159 P^t de Mme Poulain Dumesnil
5 Degas. 176 La répétition de danse (Violoniste 3 danseuses)
177 Les danseuses à la barre
178 Sur la plage
179 Danseuses dans une Salle d'exercice
12 Delacroix 180 Les Sabines

2 Diaz. 194. Paysage 195 Fleurs.
2 J. Dupré 196 Paysage
197 Paysage.

4 Fantin 198 La nuit
199 Nature morte
200 Baigneuse
201 figure Defe
2 Forain 202 L'assistance judiciaire
203 Au jardin de Paris.
1 Gauguin 204 Papaete.

2 c Harpignies 205 Paysage
n° 206. Paysage.
1 Heim Charles X. Salon de 1824.

1 Ingres - 208 P. de Pallières.

6 [illegible] n° 209 [illegible] en Orient.

7 Jongkind

1 [illegible] n° 222 Un Cavalier.

12 Lépine

3 Manet n° 235 La leçon de musique.
236 Buste de femme.
237 Sur la plage.
5 Claude Monet n° 252. Matinée Port du Havre.
253 Argenteuil Bords de la Seine.
254 Argenteuil hiver.
255 Pavé de Chailly. 256 Champ de foire.
1 Monticelli
n° 257 P. Dhe.
1 Berthe Morizot n° 258 Sur la terrasse.

5 C Pissarro

4 P. de Chavannes. 264 L'Espérance.
265 Marseille.
266 Fe nue.
267 P. de Mr Villiers.

3 Renoir 268. La Parisienne
269. Allée cavalière Bois de Boulogne
270 Femme dans un jardin.
2 Ricard 271 P. de Mr Moreau
272 Nature morte.
4 Th. Rousseau 273 Paysage
274 Bressuire
275 Chiens.
1 De Steuben 276 P. de l'artiste
277 P. de Delacroix.

6 Tassaert 278 Fe & fillette dans la neige
279 Le retour du Bal
280 Tentation de St Antoine
281 Liseuse dans un bois.
no 282 Suicide d'une ouvrière.
1 Toulouse Lautrec 283 Les enfants au lapin.
284 femme dans un jardin

1. Troyon. 285. Le Laboureur près Honfleur

14 Millet no 238 Le coup de vent. (Le Chene & le Roseau)
no 239. La fin de la journée (L'h. à la veste)
no 240 Paysanne
no 241 Effet du soir
no 242 Bucheronnes.
no 243 Les Etoiles filantes.
no 244 La tentation de St Hilarion
no 245. L'amour endormi
no 246. Mère et enfant.
no 247 Le Barde & Ophélie
no 248 Entrée de la foret à Barbizon.
no 249 Baigneuse
no 250 Le vieux mendiant.
no 251 La Ste famille.

(Ce que je préfère) (Placement à la Vente.) Jan. 1890 [illegible]

Cad [illegible]

15 Duplessis P. d'h. (Reproduit)

~~638~~ Ph. de Champagne. P d'h. Reproduit cela doit être de ? Bourdon

~~[illegible]~~ 265 ~~Haget~~ P. de l'artiste (Celui de Corneille) Qu'est ce cela ??

663 Prudhon P. de la Princesse Bacchiochi X

58 Nonnotte P. de fe assez bien sans plus.

28 Ec. franc. P. d'h. (buste) habit gris bleu revers rouges brodés X (vient de Brame 3000f)

77 Vincent P. de l'artiste X (asbien) Ce n'est pas de Vincent.

109 ~~Corot~~ Aqueducs Campagne de Rome

55 Michel Paysage. Bon

115 ~~Corot~~ Environs de Montpellier 1er plan R

~~28 [illegible]~~

114 Corot à Tivoli, Villa d'Este balustrade pt paysan assis X

142 Corot. Vue de Papigno R. X

122 ~~Corot~~ Aqueducs dans la campagne de Rome

132 Corot Gouvieux près Chantilly R

105 Corot Rome. Ile et pont St Bartolomeo R

144 + ~~Corot~~ Naples et le Château de l'Oeuf.

134 Corot Un lac de l'Oberland Vte [illegible] X

125 Corot La fe en bleu. (Centennale de 1900.) R

106 Corot Paysage près d'un moulin à eau R

118 Corot Baigneuses. Iles Borromées. R

145 Corot. Intérieur du Baptistère de St Marc R

183 Delacroix Aspasie la mauresque X

214 X Isabey Eug. Bateau de pêche.

110 ~~Corot~~ Volterra Route descendt de la Ville

213 L. Isabey. Marine.
202 Forain L'assistance Judiciaire (Reproduit) X
150 Courbet. Le philosophe Trapadoux X
255 Cl Monet Le pavé de Chailly X
177 Degas. Les danseuses à la barre X
265 P de Chavannes. Marseille Colonie Grecque X
179 Degas. Danseuses dans une salle d'exercices fond vitres [illegible] X
178 Degas. Sur la plage. X
170 Daumier Un coin du palais X
176 Degas. La répétition de danse (Violonist.) X
264 P de Chavannes. L'espérance X
160 + Daumier Porteur d'eau X
162 Daumier Les avocats. X
169 Daumier Les amateurs d'estampes X
167 Daumier Silène et faunes. X
165 Daumier Le liseur X
161 Daumier Crispin et Scapin X
172 Daumier Dans la rue! X
171 Daumier Les buveurs. X
173 Daumier, amateurs de tableaux X
164 Daumier Un coin de théâtre X

163 . Daumier Scène de la Révolution. X
166 Daumier Peintre feuilletant un carton X
168 Daumier Noctambules. (La lune) X
235 Manet La leçon de musique. X
237 Manet Sur la plage X
236 Manet Buste de Fe nue. X
226 Lépine La Seine à Bercy /
232 Lépine Le Bassin du Port de Caen /
258 Berthe Morisot. Sur la terrasse X

43 Le Greco L'apparition de la V R X
16 Ec allemande primitive Le C s'appuyant sur la t X
42 Le Greco Un apôtre R X
37 Fragonard Repos dans la fuite en Egypte. X
10 Chardin Instruments de musique /
5 B de Bruyn L Defe /
39 Goya Fe Espagnole /
70 Strigel Un ange X
38 Fragonard. Paysage Berger Bergère R /

284 Toulouse Lautrec Fe dans un jardin /

275 Th Rousseau Paysage à Thiers. X

203 Forain Au jardin de Paris R X

20 Ec Espagnole XVI Archimède.

1 Beuckelaer J Chez Marthe et Marie

44 Le Greco S^t françois d'Assise

45 Le Greco. S^t françois d'Assise

51 Jean de Valdès Léal P de l'inquisiteur Don Manuel Dadial.
Luca Ribera philosophe

66 Ribera Le sculpteur aveugle.

67 Hubert Robert Le jardin de l'Infante X

276 Th Rousseau P de l'artiste /

222 Eug. Lamy Un cavalier /

61 N. Poussin L'enfance de Bacchus. X

155 Courbet X Nature morte, Pommes, poires Ste Pélagie

189 Delacroix Le poele X

156 Courbet X Nature morte Pommes poires. Ste Pélagie

31 Ec fr. Commencement du XIX X P de f^e Robe blanche
Elle est laide. Mais c'est un beau morceau de peinture

J'aurai aimé acheter :

77 Vincent P de l'artiste

144 Corot Naples et le Chateau de l'Oeuf

134 Corot. Un lac de l'Oberland.

214 Eug Isabey Bateau de peche

265. P de Chavannes Marseille

179 Degas. Danseuses fond fenetre. Maisons vues.
pour en avoir un car ils sont tous superbes.

160 Daumier Porteur d'eau

162 Daumier Les avocats

166. Daumier Peintre regardant un carton
pour en avoir deux ou trois car ils sont tous superbes.

2 Lepine (de tres délicats.)

1 Greco

x 70 Strigel Un ange

61 N. Poussin Enfance de Bacchus.

+ 16 École allemande primitive. Le C s'appuy' sur la t

Résumé.

La Vente Rouart, c'est avant tout

Degas — Manet.

Daumier — Eug. Isabey (un joli morceau)

Corot — Cl. Monet

P. de Chavannes

et Millet pour des morceaux curieux.

Les autres grands noms n'y sont pas représentés à côté des noms précités. J'entends :

Decamps

Delacroix qui a de beaux ici le Poële et Aspasie la Mauresque.

Courbet qui n'a qu'un assez bon morceau, le philosophe Trapadoux.

Diaz.

Jules Dupré.

Daubigny qui n'a rien.

Ingres n'a rien.

Jongkind (pas inouï.)

Lépine a de jolies notes.

Ricard.

Th Rousseau.

Tassaert.

Troyon.

Renoir y est ; mais le plus souvent, je n'aime pas cet hc.

Cl. Monet y est.

Soit en vrai 42 000 pièces

92 Tableaux vendus de gros prix.

10 Chardin X Instruments de musique — 41 000
15 Duplessis 1 P de Mme Couturier — 15 150
37 Fragonard 1 Fuite en Egypte — 75 000
38 — id — 1 Paysage — 70 000
39 Goya 1 P de fe — 142 000
42 — Greco — Un apôtre — 60 000
43 — id — L'Apparition de la V — 35 000
50 Jeaurat. La convalescente — 10 300
61 Poussin Enfance de Bacchus — 20 000
62 Prudhon L'abondance — 27 000
63 — id — 1 Pcesse Bacciochi — 33 000
66 Ribera Sculpteur aveugle — 11 000
67 H Robert X Jardins de l'Infante — 32 000
70 Stiegel Ménage — 15 200
72 Tiepolo un Sculpteur — 11 000
91 Miss Cassat Le thé — 11 700
92 Cézanne — 14 000
9[illegible] — id — — 10 000
104 Corot Corot[illegible]. — 12 500
105 — id X Rome [illegible] — 51 000
106 — id — Paysage, moulin — 10 000
107 — id — Marino — 17 600
108 — id — Bretonne allait! — 21 700
109 — id — aqueduc — 16 000
110 — id — Volterra — 20 000
111 — id — Le Colysée — 14 000
114 — id — Tivoli Villa d'Este — 111 000
115 — id — Montpellier — 15 000
117 — id — Jeune garçon, chapeau haut — 10 000
118 — id — Les Baigneuses — 210 000

1054 350

1054 000

120 Corot La Laulrette — 15 000,
121 — id — Jeff robe rose — 26 000,
124 — id — Jeff mandoline — 13 500,
125 — id — La fe en bleu — 162 000.
126 — id — Bohemienne reveuse — 14 100.
128 — id — J. f. (celle de Durch) — 50 000.
129 — id — Rome Vasque — 22 000.
131 — id — La Source — 37 000.
132 — id — Gouvieux — 17 000.
134 — id — Lac (si frais) — 23 000.
138 — id — J. fe — 10 500.
139 — id — Paysanne & la chevre — 11 000.
141 — id — La Tragédie — 17 000.
142 — id — Papigno — 31 000.
143 — id — La prairie — 20 000.
144 — id — Naples Castel dell'Ovo — 29 500.
145 — id — Baptistere St Marc — 15 100 —
150 Courbet Trapadoux — 20 000 —
151 — id — femme — 28 000
152 — id — Esprits noir — 10 000
18 000
160 Daumier Porteur d'eau — 60 000
161 — id — Crispin (Le Louvre) — 27 000
162, id — Les avocats — 63 000.
163 — id — Scene Révolution — 15 000
164 id — Coin du Théâtre — 42 000
165 — id — Le liseur — 21 500
166 — id — Peintre carton — 7 000
168 — id — La lune — 14 100
170 — id — Un coin du palais — 25 000
171 — id — Les buveurs — 150 000
176 Degas Repetition danse Knoedler 209 300

2691 300

177 Danseuses à la barre — 435 000
178 id Sur la plage — 80 000
179 id Danseuses Salle d'exercice — 100 000
180 id Poussin — 55 000
182 Delacroix Son portrait — 11 000
187 id St Sebastien — 10 100
189 id le poele — 30 000
198 Fantin La Nuit — 18 200
204 Gauguin Papaete — 31 500
235 Manet Leçon de musique — 120 000
236 id buste de femme — 97 000
237 id Sur la plage — 92 000
238 Millet Le Coup de vent — 60 000
239 id Ch à la Veste — 115 000
240 id Paysanne — 31 000
242 id Bucheronnes — 40 200
243 id Les Etoiles filantes — 27 000
245 id L'amour endormi — 10 100
249 id Baigneuse (la mienne) — 10 000
252 Cl Monet ~~le pré de Chailly~~ le Havre — 13 100
253 id Argenteuil — 27 000
254 id hiver Argenteuil — 30 200
255 id Pavé de Chailly — 18 600
256 id foire — 13 600
258 Berthe Morizot Sur la terrasse — 17 000
264 P de Chavannes. L'esperance — 65 000
265 id Marseille — 68 000
268 Renoir La Parisienne — 56 000
269 id allée cavalière — 95 000
270 id le jardin — 27 500
279 Tassaert Retour du Bal — 10 000

3 894 200

146 Corot ? Etude de village

CATALOGUE

DES

TABLEAUX ANCIENS

par

Boilly. — Breughel. — Philippe de Champaigne. — Chardin. — Danloux. — David. — Duplessis. — Fragonard. — Goya. — Greco. — Baron Gros. — Lépicié. — Poussin. — Prud'hon. — Ribéra. — Hubert-Robert. — Teniers. — Tiepolo. — Vélasquez, etc.

ET DES

TABLEAUX MODERNES

par

Boudin. — John-Lewis Brown. — Cals. — Mary Cassatt. — Cézanne. — Chaplin. — Corot. — Courbet. — Daumier. — Decamps. — Degas. — Delacroix. — Devéria. — Diaz. — Jules Dupré. — Fantin-Latour. — Forain. — Gauguin. — Harpignies. — Ingres. — Isabey. — Jongkind. — Lami. — Lépine. — Manet. — J.-F. Millet. — Mone. — Monticelli. — Berthe Morisot. — Pissarro. — Renoir. — Ricard. — Théodore Rousseau. — Tassaert. Toulouse-Lautrec, etc.

composant la collection de feu

M. HENRI ROUART

et dont la vente, par suite de son décès, aura lieu à Paris

GALERIE MANZI-JOYANT
15, rue de la Ville-l'Evêque

Les lundi 9, *mardi* 10 *et mercredi* 11 *décembre* 1912,
à 2 heures précises

Commissaires-Priseurs

Mᵉ F. LAIR-DUBREUIL
6, rue Favart, 6

Mᵉ Henri BAUDOIN
10, rue Grange-Batelière, 10

Experts

MM. DURAND-RUEL et FILS
16, rue Laffitte, 16

M. Hector BRAME
2, rue Laffitte, 2

EXPOSITIONS

Particulière, le samedi 7 décembre 1912, de 1 h. ½ à 6 heures.
Publique, le dimanche 8 décembre 1912, de 1 h. ½ à 6 heures.

ORDRE DES VACATIONS

Le lundi 9 décembre 1912
Tableaux modernes, numéros pairs.

Le mardi 10 décembre 1912
Tableaux modernes, numéros impairs.

Le mercredi 11 décembre 1912
Tableaux anciens, n°s 1 à 77.

CONDITIONS DE LA VENTE

Elle sera faite au comptant.

Les acquéreurs payeront 10 p. 100 en sus des enchères.

L'Exposition mettant le public à même de se rendre compte de l'état et de la nature des tableaux, il ne sera admis aucune réclamation une fois l'adjudication prononcée.

Imprimerie Saint-Germain, 15, Rue des Canettes

125

28
142
132
105
134

TABLEAUX ANCIENS

1 BEUCKELAER (Joachim), 1530-1570. — *Jésus chez Marthe et Marie.* 700

Sur le dallage carrelé d'une grande salle, sont étalées de nombreuses victuailles. Vers le centre, le Christ, en robe bleue, est assis près d'une fenêtre et parle aux deux saintes femmes. L'une d'elles, vêtue de rouge, tient un livre sur ses genoux, tandis que l'autre debout, en robe bleu clair, saisit une volaille. A droite, une femme devant la cheminée fait chauffer une marmite.

Dans le fond, par une porte entr'ouverte, on aperçoit des personnages attablés.

Toile.

Haut.: 1 m. 05; larg.: 1 m. 80.

2 BOILLY (Louis-Léopold), 1761 - 1845. — *Général Baron Camus de Richemont, Gouverneur de Saint-Cyr.* 500

Vu de face, en habit noir et cravaté de blanc.

Toile. (Pt Tableau.)

Haut.: 22 cm; larg.: 17 cm.

3 BONITO (Le Chevalier Giuseppe), 1705-1789. — *Portrait d'homme.* pas fameux. 700

Il est vu de face, en buste, les cheveux légèrement poudrés, la figure souriante, en habit gris brun et cravate blanche.

N° 5 du catalogue de la vente du prince Pierre de Bourbon, duc de Durcal, 3 février 1890. Sur le châssis, cachet de la collection de S. A. R. Don Sébastien Gabriel de Bourbon Bragance.

4 BREUGHEL. — *Rixe de paysans.*
Au cours d'une partie de cartes, deux paysans, dont l'un est armé d'un fléau et l'autre d'une fourche, en sont venus aux mains. Des paysans et des paysannes cherchent à les séparer.
Au fond, les maisons d'un village.
Panneau.

Haut.: 91 cm; larg.: 1 m. 24.

5 BRUYN (Bartholomeus de), 1497-1557?. — *Portrait de femme.*
Elle est vue à mi-corps, de trois quarts à gauche, en coiffe blanche à bande de velours, en vêtement noir bordé de fourrure et garni de dentelle blanche au cou et aux poignets. Ses deux mains, dont l'une tient un gant, sont jointes sur la ceinture et ornées de bagues.
Dans le haut, de chaque côté, un blason, surmonté à droite de l'inscription: Ætatis 57 et, à gauche, de la date: ANNO 1557.
Panneau.

Haut.: 44 cm; larg.: 33 cm.

6 CARNICERO (Antonio), 1748 - 1814. — *Portrait de femme.*
Elle est vue en buste, de trois quarts à gauche, sa chevelure brune descendant le long du dos, la main droite ramenée sur la poitrine et tenant un éventail. Sa robe grise entr'ouverte laisse voir la naissance de l'épaule.
Toile.

Haut.: 56 cm; larg.: 41 cm.

7 CEREZZO (Antonio). — *L'Assomption.*
La Sainte Vierge est enlevée au ciel par des anges.
Toile.

Haut. : 33 cm.; larg. : 28 cm. 1/2.

8 CHAMPAIGNE (Philippe de), 1602 - 1674.
Portrait d'homme.

Il est en perruque, habit noir et rabat blanc, et tourné de trois quarts à gauche.

Toile.

Haut.: 54 cm; larg.: 45 cm.

9 CHAMPAIGNE (Philippe de), 1602 - 1674.
Portrait d'Anne d'Autriche (en Minerve).

Coiffée d'un casque en bronze doré surmonté d'un panache blanc, en robe grise légèrement décolletée, elle est assise et vue de face, le visage tourné de trois quarts à droite. D'une main, elle soutient un livre, et de l'autre elle montre des armes. En bas, à droite, bouclier à tête de méduse et chouette. Au fond, bibliothèque et rideau ouvert sur le ciel.
En bas, à gauche, la date 1644.

Toile ovale.

Haut.: 1 m. 43; larg.: 1 m. 11.

10 CHARDIN (Jean-Baptiste-Siméon), 1699-1779.
Instruments de musique.

Sur le tapis rouge d'une table sont posés une vielle, que couvrent en partie les feuillets d'un cahier de musique, une flûte, et un violon muni de son archet. Fond gris.
Signé à droite.
N° 4 du catalogue de la vente Barroilhet, 12 mars 1855.

Toile.

Haut.: 49 cm.; larg.: 95 cm.

11 DANDRE BARDON (Michel-François), 1700-1783. — *Turquerie.* 800

Un seigneur turc, vu de profil, en habit vert et manteau rouge, offre des friandises à une femme en robe de satin jaune et en mante bleue bordée de fourrure blanche.

Toile.

Haut.: 1 m. 48; larg.: 1 m. 97.

12 DANLOUX (Henri-Pierre), 1753-1809. — *Portrait d'homme.* 2900

Vêtu d'un habit noir, il est vu de trois quarts à gauche, en cravate de dentelles, les cheveux poudrés, un nœud noir retenant le bas de la perruque.

Toile.

Haut.: 46 cm.; larg.: 38 cm.

13 DAVID (Jacques-Louis), 1748-1825. — *Bélisaire demandant l'aumône.* 1800

Accompagné de son jeune guide, Bélisaire, tête nue, s'appuie sur un bâton, et tend la main gauche pour demander l'aumône.

N° 4 du catalogue de la vente Coutan-Hauguet, 16 décembre 1887.

Toile.

Haut. : 66 cm.; larg. : 79 cm.

14 DUMONSTIER (Daniel), 1574-1646. — *Portrait d'homme.*

Les cheveux en brosse, en habit noir à col blanc, il est vu de trois quarts à droite.
Dans le haut, à gauche, les armes de la famille Texier de Hautefeuille sous la devise : « Secundis viribus impleor. »
En haut, à droite, l'inscription : Anno ætatis Quint.
N° 457 du catalogue de la vente Fillon, mars 1882.

Panneau.

Haut. : 37 cm. ; larg. : 32 cm.

15 DUPLESSIS (Joseph-Silfrède), 1725-1802. — *Portrait de Madame Couturier.*

En robe bleue et en mantille, coiffée d'un bonnet tuyauté que recouvre une étoffe noire nouée sous le menton, elle est vue à mi-corps, assise de trois quarts à gauche, les mains dans un manchon appuyé sur une table.
Cadre ancien en bois sculpté.
Reproduit par Saint-Aubin dans le livret du Salon de 1769.
N° 38 du catalogue de la vente Camille Marcille, mars 1876, sous le titre « Portrait de femme », par Greuze.

Toile.

Haut. : 81 cm. ; larg. : 64 cm.

16 ECOLE ALLEMANDE PRIMITIVE (XVe siècle). — *Le Christ s'appuyant sur la croix.*

Le Christ debout, appuyé sur la croix, presse la blessure de son flanc, dont le sang découle dans un calice posé sur le bord d'un tombeau ; à droite, on aperçoit la tunique, les dés, une lanterne, une torche et une tête d'homme roux vu de profil. A gauche, auprès de la colonne où sont attachés le fouet et les verges, un personnage crache sur le Sauveur.

Panneau cintré.

Haut. : 32 cm. ; larg. : 24 cm.

17 ECOLE ALLEMANDE (XVIe siècle). — *Portrait d'homme.*

En habit brun, une fraise blanche au cou, il est vu en buste, de trois quarts à droite.
Signé d'un monogramme à gauche et daté 1510.

Paneau rond.

Diamètre 10 cm.

18 ECOLE ANGLAISE (Commencement du XIXe *siècle*). — *Portrait d'homme.*

Il est vu en buste, presque de face, les yeux levés vers la droite, une cravate rouge retombant sur les revers du vêtement noir.

Toile.

Haut.: 57 cm.; larg.: 48 cm.

19 ECOLE BYZANTINE. — *La Crucifixion.*

Au premier plan, les soldats clouent le Christ sur la croix posée à terre. A droite, quelques cavaliers; plus loin, le groupe des saintes femmes. Au delà, Jérusalem se détache en silhouette sur un fond d'or.
Dans le bas, occupant toute la largeur du panneau, une inscription grecque sur fond blanc.

20 ECOLE ESPAGNOLE (XVIe siècle). — *Archimède.*

Il est vu debout, de trois quarts à droite, coiffé d'un bonnet rouge garni de fourrure, une main posée sur une sphère céleste, et l'autre retenant son manteau d'étoffe rayée. Dans le haut, à gauche, l'inscription: « ARCHIMEDES ».

Toile.

Haut.: 1 m. 3 cm.; larg.: 74 cm.

21 ECOLE ESPAGNOLE. — *Bénédiction d'un malade.*
Un Saint, accompagné d'un moine, bénit un malade assis à terre entre deux cierges.
N° 68 du catalogue de la vente Paul de Saint-Victor, 23 janvier 1882.
Toile.
Haut. : 80 cm. ; larg. : 41 cm.

22 ECOLE ESPAGNOLE (XVIIe siècle). — *Saint-Ignace de Loyola.*
Le coude droit appuyé sur une pile d'in-folio, il lit un livre posé sur une tête de mort.
Collection du comte A.-M. Zanetti (Venise).
Toile.
— Haut. : 72 cm. ; larg. : 67 cm.

23 ECOLE ESPAGNOLE (XVIIIe siècle). — *Portrait présumé de Goya.*
L'artiste est vu de face et en buste, en gilet jaune et redingote vert sombre sur laquelle se détachent les blancs du col et de la cravate.
A droite, l'initiale G, en rouge.
Toile.
Haut. : 62 cm. ; larg. : 51 cm.

24 ECOLE FRANÇAISE (XVIe siècle). — *Portrait de Diane de France, duchesse d'Angoulême.*
Elle est vue en buste, de trois quarts à gauche, en robe noire à manches bouffantes, le corsage orné d'une guimpe à réseau de perles, les cheveux roux couverts d'une coiffe noire.
Panneau.
Haut. : 20 cm. ; larg. : 15 cm.

25 ECOLE FRANÇAISE (XVIe siècle). — *Portrait de femme.*

Debout et vue presque de face, un manteau noir bordé de fourrure blanche, elle tient d'une main un chapelet attaché à sa ceinture. Sur la tête, une coiffe noire surmontée d'un rang de perles et doublée à l'intérieur de dentelle blanche.

Panneau.

Haut. : 32 cm. 1/2; larg. : 23 cm.

26 ECOLE FRANÇAISE (XVIIe siècle). — *Portrait d'homme.*

En costume noir à collerette blanche, il est vu en buste, nu-tête et de trois quarts à gauche.

Haut.: 42 cm. 1/2; larg.: 23 cm.

27 ECOLE FRANÇAISE (XVIIIe siècle). — *La Joueuse de vielle.*

Une femme aux cheveux poudrés, en robe verte brodée de fleurs et dont les manches sont ornées de dentelle, est assise, vue de trois quarts à droite, une vielle sur ses genoux.

Cadre ancien en bois sculpté.

Toile.

Haut.: 80 cm.; larg.: 64 cm.

28 ECOLE FRANÇAISE (XVIIIe siècle). — *Portrait d'homme.*

La tête vue de face et légèrement inclinée vers l'épaule gauche, les cheveux poudrés, la figure rasée, il est vêtu d'un habit gris bleu à revers rouges bordés d'or.

Toile ovale.

Haut.: 56 cm.: larg.: 45 cm.

29 ECOLE FRANÇAISE (Fin du XVIIIe siècle). — *Portrait d'homme.*

En habit bleu, couvert d'un manteau gris à revers, le buste serré dans un gilet blanc, il est vu de trois quarts à droite, la figure rasée, les cheveux poudrés. Au cou, une cravate dont les rayures noires, jaunes et rouges, contrastent avec le blanc du col.
Daté à gauche, 1795.

Toile ovale.

Haut.: 30 cm. 1/2; larg.: 23 cm.

30 ECOLE FRANÇAISE (Commencement du XIXe siècle). — *Portrait d'homme.*

En habit noir et manteau gris entr'ouvert, il est vu de trois quarts à gauche, la figure rasée, cravaté de blanc.

Toile.

Haut.: 59 cm.; larg.: 48 cm.

31 ECOLE FRANÇAISE (Commencement du XIXe siècle). — *Portrait de femme.*

En costume empire, un châle tombant sur les épaules, en robe blanche à collerette, elle est vue de trois quarts à droite, un peigne à diadème dans les cheveux noirs et bouclés sur le front.

Toile.

Haut.: 58 cm.; larg.: 48 cm.

32 ECOLE HOLLANDAISE (Commencement du XVIe siècle). — *Ascension de N.-S. Jésus-Christ.*

Agenouillée et entourée des apôtres, la sainte Vierge, les yeux levés vers le ciel, contemple le Christ, disparaissant dans un nuage. Dans le fond et à gauche d'un paysage accidenté, la silhouette d'une ville.
Cadre en bois sculpté.

Panneau.

Haut. : 47 cm. ; larg. : 36 cm. 1/2.

33 ECOLE SIENNOISE (XVe siècle). — *La Vierge à l'Enfant.*

La Vierge et le Divin Enfant sont entourés par des anges et par des saints, se détachant sur le fond doré.
Cadre ancien.

34 ECOLE DE VERONE (XVe siècle). — *Diptyque.*

Sur le volet de gauche :
Un saint vêtu de rose, couvert d'un manteau noir et tenant une houlette dans ses bras.
Sur le volet de droite :
Saint personnage vêtu de bure, un corbeau planant au-dessus de lui, tandis que deux lions sont couchés à ses pieds. Fond doré.

Panneau de forme ogivale.

Chaque volet : haut. : 62 cm. : larg. : 25 cm.

35 VAN EVERDINGEN (A.), 1621-1675. — *Marine.*

Au premier plan, la plage limitée par des falaises et quelques grands rochers éboulés. Plus loin, la mer agitée où trois voiliers luttent contre la tempête.
Grands nuages blancs dans le ciel mouvementé.
Signé à droite, à mi-hauteur d'une falaise.

Toile. Haut.: 66 cm.; larg.: 1 m.

36 FOUQUIERES (Jacques), 1580-1659. — *Effet de neige.*

Au premier plan, une voiture à quatre chevaux passe dans un chemin bordé à droite par une auberge à la lisière d'un bois.
A gauche, un grand arbre détache son feuillage sur le ciel qu'éclairent les lueurs du couchant.

Toile. — Haut.: 90 cm.; larg.: 1 m. 10 cm.

37 FRAGONARD (Jean-Honoré), 1732-1806. — *Le Repos pendant la fuite en Egypte.*

La Vierge découvre devant Saint Joseph l'Enfant Jésus dormant dans son berceau auprès duquel l'âne est couché.

Toile. — Haut.: 53 cm.; larg.: 43 cm.

38 FRAGONARD (Jean - Honoré), 1732 - 1806. *Paysage.*

Accompagnés de leur chien, un berger et une bergère sont debout sur un tertre.
A droite, dans un repli de terrain, des moutons paissent à proximité d'un bouquet d'arbres.
Dans le ciel clair, un grand nuage blanc.

Toile. — Haut.: 40 cm.; larg.: 30 cm.

39 GOYA Y LUCIENTES (François), 1746-1728. — *Femme espagnole.*

Elle est vue de trois quarts à gauche, les cheveux noirs retombant sur le front, le buste drapé dans un châle gris, la gorge légèrement découverte. Aux oreilles brillent de grandes pendeloques d'or.

Toile. — Haut.: 69 cm.; larg.: 49 cm.

40 GRANET (François-Marius), 1775-1849. — *La Chapelle de la Vierge à Saint-Roch.*

Devant l'autel qu'éclairent des flambeaux, les fidèles, dans la pénombre, assistent au service divin.

Toile. — Haut.: 29 cm.; larg.: 39 cm.

41 GRANET (François-Marius), 1775-1849. — *La Leçon.*

Une petite fille, debout devant une religieuse, assise à une table auprès d'une fenêtre, récite sa leçon.
Signé à droite.

Toile. — Haut.: 45 cm.; larg.: 37 cm.

42 GRECO (Domenico Theotocopuli, dit El), 1548-1625. — *Un Apôtre.*

Il est vu de face et en buste, les cheveux noirs, la barbe en pointe, et vêtu d'une ample roble bleu clair.
Sa main droite, aux doigts effilés, esquisse un geste.
Signé du monogramme, à droite au-dessus de l'épaule.
Cité dans « Le Greco » par Maurice Barrès et Paul Lafond, page 154,et reproduit page 163.

Toile. — Haut.: 69 cm.; larg.: 54 cm.

43 GRECO (Domenico Theotocopuli, dit El), 1548-1625. — *L'Apparition de la Vierge.*

Vêtue d'une robe rouge et d'un manteau bleu, tenant dans ses bras l'Enfant Jésus, la Vierge, entourée de nuages, apparaît à Saint Dominique, agenouillé sur le sol dallé, devant un autel.
A droite, près d'une colonnade, la statue d'un Saint.

Toile. — Haut.: 99 cm.; larg.: 60 cm.

44 GRECO (Domenico Theotocopuli, dit El), 1548-1625. — *Saint François d'Assise.*

En robe de bure, vu de profil à gauche, il est en extase, les mains tendues vers un rayon lumineux qui éclaire son visage.
N° 24 du catalogue de la vente Taylor, 24 février 1880.

Toile. — Haut.: 90 cm.; larg.: 74 cm.

45 GRECO (Domenico Theotocopuli, dit El), 1548-1625. — *Saint François d'Assise en prière.*

Debout, en robe brune à capuchon relevé, la main droite ramenée sur la poitrine, il contemple le crucifix et la tête de mort devant lesquels il prie.
Au fond et à gauche, un grand nuage traverse le ciel.

Toile. — Haut.: 78 cm.; larg.: 60 cm.

46 GROS (Antoine-Jean, Baron), 1771-1835. — *Un Ramoneur.*

Vu de face et en buste, le cou nu, il est coiffé d'un bonnet d'où s'échappent des mèches de cheveux.
Daté à gauche, 2 janvier 1811.

Toile. — Haut.: 45 cm.; larg.: 34 cm.

47 HEEMSKERK (Egbert Van), 1645-1704. — *Daniel confondant les prêtres de Baal.*

Au premier plan, à droite, un prêtre de Baal, en costume d'apparat et couvert d'un manteau de pourpre doublé d'hermine, s'entretient avec Daniel, vêtu d'une robe grise. A gauche, devant la statue d'or du dieu, des serviteurs s'empressent autour d'une table chargée de mets.

Toile. — Haut.: 1 m. 12; larg.: 1 m. 50.

48 HERCULANUM (Peinture murale, trouvée à). — *Femme assise.*

Drapée dans un péplum, une couronne de feuillage sur la tête, elle se repose sur un banc de pierre le long duquel court une plinthe avec ornements en relief.
Peinture murale, trouvée à Herculanum.
Collection Joly de Bammeville (20 avril 1881).

Diamètre: 19 cm.

49 INGEGNO (l') (André Luigi, dit), vers 1510. — *Vierge à l'Enfant.*

Dans une ogive semée de têtes d'anges aux ailes rouges, la Vierge, vêtue d'un manteau bleu à bordure dorée, tient l'Enfant Jésus dans ses bras.
Fond d'or.

Panneau. — Haut.: 44 cm.; larg.: 34 cm.

50 JEAURAT (Etienne), 1699-1789. — *La Convalescente.*

Une femme coiffée d'un bonnet blanc, vêtue d'une robe blanche et d'une mantille noire, est assise dans un fauteuil, les pieds sur un coussin rouge. Debout, devant elle, une servante remplit une tasse.

Toile. — Haut.: 27 cm.; larg.: 20 cm.

51 LEAL (Jean de Valdès), 1630-1691. — *Portrait de Don Manuel Padial.*

L'inquisiteur est vu à mi-corps, de trois quarts à droite, coiffé d'une barette noire, vêtu d'une aube blanche recouverte d'une chasuble rouge bordée d'or.
Dans le haut, à gauche, l'inscription : D. MANUEL PADIAL.

Toile. — Haut. : 65 cm. ; larg. : 58 cm.

52 LEPICIE (Nicolas-Bernard), 1735-1784. — *Portrait d'homme.*

En habit vert, orné d'un jabot de dentelle, il est vu en buste, de trois quarts à gauche. Un nœud de ruban fixe derrière la nuque sa perruque poudrée.

Toile. — Haut. : 41 cm. ; larg. : 33 cm.

53 MAAS (Nicolas), 1632-1693. — *Femme assise.*

Elle est vue à mi-corps de trois quarts à gauche, décolletée, en robe de satin broché d'or et bordée de dentelles, un collier de perles au cou.
Son manteau doublé de fourrure retombe sur l'épaule droite, le bras gauche, nu jusqu'au coude, est ramené sur la poitrine.

Toile. — Haut. : 47 cm. ; larg. : 39 cm.

54 MAYER (Constance), 1778-1821. — *La Barque.*

Dans une barque conduite par une femme entourée d'amours, un homme tient sur ses genoux une jeune fille et se penche vers elle.
Première idée du tableau du Louvre.

Toile. — Haut. : 22 cm. ; larg. : 28 cm.

55 MICHEL (Georges), 1763-1843. — *Paysage.*

Un bouquet d'arbres se dresse au sommet d'un coteau, au pied duquel la plaine s'étend à droite jusqu'au fond du paysage.

Toile. — Haut.: 48 cm.; larg.: 59 cm.

56 MOOR (Karel de), 1656-1738. — *Un cavalier.*

Le poing sur la hanche, il galope, tête nue, sur un cheval gris. Un chien court à ses côtés.

Toile. — Haut.: 36 cm.; larg.: 28 cm. 1/2.

57 NETSCHER (Constantin), 1639-1684. — *Portrait de femme.*

Elle est vue debout, de trois quarts à gauche, en jupe blanche bordée d'or, recouverte d'un ample corsage noir, à collerette et manchettes blanches.
Sa main droite est appuyée sur le dossier d'une chaise, tandis que la main gauche tient un éventail de plume.
Signé à gauche, sur le bois de la chaise.

Panneau. — Haut.: 42 cm.; larg.: 50 cm.

58 NONNOTTE (Donat), 1708-1785. — *Portrait de femme.*

En robe bleue décolletée et bordée de fourrure, des rubans et des plumes de diverses couleurs sur les cheveux poudrés, une jeune femme, assise à une table, est en train de dessiner.

Toile. — Haut.: 89 cm.; larg.: 72 cm.

59 OTTLEY (Guillaume), 1771-1836. — *Portrait d'homme.*

En habit gris et culotte jaune, une cravate blanche au cou, les cheveux poudrés, il est vu à mi-corps, presque de profil à gauche, la main droite passée dans le revers de son habit, le coude gauche appuyé sur une balustrade de pierre.

Au fond, un paysage boisé.

Signé à droite.

Toile. — Haut.: 1 m. 01; larg.: 82 cm.

60 PAREJA (Jean de), 1606-1670. — *Portrait d'une Infante.*

Elle est vue de face et à mi-corps, légèrement décolletée, en robe grise à parements rouges et à manches bouffantes. A son cou brille un collier, des rubans ornent sa chevelure.

Toile. — Haut.: 71 cm.; larg.: 60 cm.

61 POUSSIN (Nicolas), 1593-1665. — *L'Enfance de Bacchus.*

Au premier plan à gauche, une femme, la poitrine découverte, est agenouillée et tend les bras vers Bacchus enfant, qui se tient debout près d'une panthère. A côté d'eux, un faune s'appuie d'une main à un arbre qui dresse vers le fond, à droite, ses branches autour desquelles s'enroulent des plantes grimpantes.

Toile. — Haut. : 49 cm.; larg. : 35 cm.

62 PRUD'HON (Pierre), 1758-1823. — *L'Abondance.*

Une jeune femme, debout, décolletée, en vêtement mauve, vide, devant une jeune fille en robe grise qui la regarde, le contenu d'une corne d'abondance.
N° 86 du catalogue de l'Exposition des œuvres de Prud'hon à l'Ecole des Beaux-Arts (1874).
N° 37 du catalogue de la vente Laperlier, 17 février 1879.

Toile. — Haut. : 92 cm. ; larg. : 87 cm.

63 PRUD'HON (Pierre), 1758-1823. — *Portrait de la Princesse Elisa Bacciochi.*

En robe grise décolletée, elle est représentée en buste et de trois quarts à droite, un ruban retenant les cheveux sur le front.
N° 49 du catalogue de la vente Laperlier, 9 avril 1867.
N° 530 du catalogue de l'Exposition centennale de l'Art français, 1900.

Toile. — Haut. : 54 cm. ; larg. : 44 cm.

64 PRUD'HON (Pierre), 1758-1823. — *Adam et Eve chassés du paradis terrestre.*

A gauche, Adam et Eve, le serpent à leurs pieds, sont agenouillés. A droite, apparaissant dans les nuages et accompagné de deux anges, Dieu étend la main sur eux.
N° 43 du catalogue de la vente Laperlier, 9 avril 1867.

Toile. — Haut. : 37 cm. ; larg. : 46 cm

65 PUGET (Pierre), 1622-1694. — *Portrait de l'artiste.*

En buste, les boucles de sa chevelure encadrant son visage, une cravate blanche contrastant avec l'habit de couleur sombre.

Toile. — Haut. : 50 cm. ; larg. : 39 cm.

66 RIBERA (Joseph), 1588-1656. — *Le Sculpteur aveugle.*

Debout, vu à mi-corps, de profil, les paupières closes, il est vêtu d'une étoffe brune qui laisse à découvert l'épaule et le bras gauche.

Ses mains hésitantes suivent les contours d'une tête sculptée dans le marbre.

N° 42 du catalogue de la vente Laperlier, 17 février 1879.

Toile. — Haut. : 1 m. 26 cm. ; larg. : 99 cm.

67 ROBERT (Hubert), 1733-1808. — *Le Jardin de l'Infante.*

Au premier plan, plusieurs personnages circulent autour d'une vasque, près des débris de sculptures et de colonnes gisant à terre, sous les arbres.

A gauche, le fronton du Louvre émerge du feuillage. Au fond, quelques maisons.

Toile. — Haut. : 35 cm. ; larg. : 45 cm.

68 SCOREL (Jean), 1495-1562. — *Vierge à l'Enfant.*

Vue de face et feuilletant un livre posé sur ses genoux, la Vierge, en robe noire et rouge, est assise. Elle soutient de la main gauche l'Enfant Jésus, debout sur un coussin.

Au fond, plusieurs châteaux dans un paysage montagneux.

Panneau cintré.

Haut. : 70 cm. ; larg. : 52 cm.

69 SIRANI (Elisabeth), 1638-1665. — *La Vierge allaitant l'Enfant Jésus.* (Je n'aime guère.) 1100.

En robe rose, une écharpe bleue sur la tête, la Vierge, vue de profil vers la droite, tient dans ses bras l'Enfant Jésus et lui donne le sein.

Toile. — Haut.: 95 cm.; larg.: 81 cm.

70 STRIGEL (Bernard), 1461-1528. — *Un ange.* 15200

Reproduit

Un ange aux cheveux blonds bouclés, vêtu de rouge, aux ailes blanches bordées de rouge, un genou en terre, balance un encensoir. Très beau - J'aimerai bien cela.
Cadre ancien.

Panneau. — Haut.: 48 cm.; larg.: 60 cm.

71 TENIERS (Le Jeune) (David), 1610-1690. — *Paysage.* 2100.

A gauche, deux arbres bordent le chemin. A droite, sur le seuil d'une chaumière devant laquelle passe un homme avec son chien, une femme se tient debout, un enfant dans ses bras. Au fond, un grand arbre dans une prairie.
Signé du monogramme, à gauche.

Panneau. — Haut.: 21 cm.; larg.: 16 cm.

72 TIEPOLO (Jean-Baptiste), 1692-1770. — *Portrait d'un sculpteur.* 11000

Reproduit 3000

En manteau brun bordé de fourrure et retenu par un fermoir où brillent des pierreries, coiffé d'un bonnet, il est vu en buste, de trois quarts à droite. Sa main gauche, appuyée sur une tête de marbre, tient un compas.

Toile. — Haut.: 59 cm.; larg.: 49 cm.

73 TIEPOLO (Jean-Baptiste), 1692-1770. — *La Vierge et l'Enfant Jésus.*

Tenant l'enfant Jésus dans ses bras, la Vierge est assise sur un socle de pierre qu'abrite un dais. Au premier plan à droite, debout sur les marches, drapé de rouge et vu de profil, un saint lit la Bible.
A gauche, un évêque adresse la parole à saint Pierre.
Plus loin, une sainte s'approche de la Vierge.
Dans le ciel, deux anges portent des palmes.
Cadre ancien en bois sculpté.

Toile. — Haut. : 1 m. 42 cm. ; larg. : 73 cm.

74 TIEPOLO (Jean-Baptiste), 1692-1770. — *Mort du pape Pie II.*

Entouré de personnages, le Pape, à genoux au bord de la mer, lève les yeux vers le ciel où apparaît la Trinité au milieu des anges.

Toile. — Haut. : 69 cm. ; larg. : 27 cm.

75 TROY (François de), 1645-1730. — *Portrait de femme.*

En buste, de trois quarts à gauche, un bonnet de dentelle blanche sur les cheveux poudrés, un ruban de velours autour du cou. Sur les épaules, une mante noire laissant à découvert le haut de la poitrine.

Toile ovale. — Haut. : 55 cm. ; larg. : 48 cm.

76 VELASQUEZ (Don Diego Rodriguez Sylva y), 1599-1666. — *Portrait d'homme*.

Il est vu en buste de trois quarts à droite, en pourpoint sombre entr'ouvert, coiffé d'un grand chapeau de feutre à plumes posé sur le côté gauche de la tête.
Ses longs cheveux châtains retombent sur ses épaules.
Grosse moustache noire, joues et menton rasés.
N° 53 du catalogue de la vente Laperlier, 9 avril 1867.

Toile. — Haut.: 78 cm.; larg.: 63 cm.

77 VINCENT (François-André), 1746-1816. — *Portrait de l'artiste.*

En redingote marron, vu à mi-corps, de trois quarts à gauche, les cheveux blancs, un binocle sur le nez, la main gauche tient la palette et sa droite le pinceau.
Cadre ancien en bois sculpté.

Toile. — Haut.: 56 cm.; larg.: 46 cm.

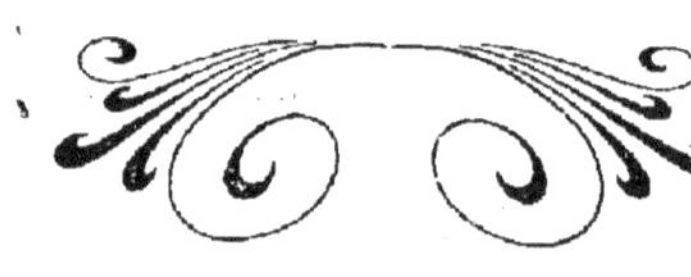

Tableaux modernes

2 tableaux retirés : Corot n° 146 L'Étoile du berger.
Fantin n° 201. Figure de femme.

TABLEAUX MODERNES

4 Boudin

1000. 78 BOUDIN (Eugène-Louis), 1824-1898. — *A Trouville.* 1700

Entrée et intérieur du port entre les deux jetées; petits bateaux à voiles.
Signé à gauche.
N° 8 du catalogue de la vente Bascle, avril 1883.

Toile. — Haut. : 20 cm.; larg. : 25 cm.

79 BOUDIN (Eugène-Louis). — *Vue d'un port.* 2700

Au premier plan et à gauche, un grand bateau devant une jetée; au fond barques et voiliers.

Toile. — Haut. : 41 cm.; larg. : 54 cm.

2000. 80 BOUDIN (Eugène-Louis). — *Bassin d'un port.* 950

Au premier plan barques ramenées sur le rivage. Au fond et à gauche, grande construction ancienne; à droite, bateaux et maisons.
Signé à gauche.

Toile. — Haut. : 30 cm.; larg. : 44 cm.

81 BOUDIN (Eugène-Louis). — *Une foire aux bestiaux en Bretagne.* 2100.

Paysans et paysannes avec leurs bestiaux dans une rue de village; arbres au fond.
Signé à droite.

Panneau. — Haut. : 31 cm.; larg. : 45 cm.

82 BROWN (John-Lewis), 1829-1890. — *Cavaliers.*

Au premier plan, un cavalier, vu de dos, en redingote grise et monté sur un cheval blanc; plus loin, à droite, cavalier vêtu de rouge, sur un cheval bai-brun; au fond, une amazone.
Signé à droite et daté 1885.

Toile. — Haut.: 59 cm.; larg.: 88 cm.

83 CALS (Adolphe-Félix), 1810-1880. — *Paysanne et*

Dans un intérieur rustique, une vieille femme devant une fenêtre tient un enfant sur ses genoux.
Signé à gauche et daté 1871.

Toile. — Haut. : 35 cm.; larg. : 27 cm.

84 CALS (Adolphe-Félix). — *Le Dimanche à Saint-Siméon.*

Dans un verger normand, sur l'herbe verte, des pêcheurs et des pêcheuses sont assis ou attablés. Au premier plan, une jeune fille avec deux enfants, l'un dans ses bras, l'autre se retenant à sa robe.
Signé à gauche et daté, Honfleur 1876.

Toile. — Haut.: 54 cm.; larg.: 82 cm.

85 CALS (Adolphe-Félix). — *Le Vieux Pêcheur.*

Assis et vu de face, vêtu de son costume de pêche, les mains sur les genoux et le chapeau sur la tête. A droite, sur une table, une écuelle et un morceau de pain.
Signé à droite, dans le haut, avec la mention Honfleur.

Toile. — Haut.: 1 m. 15; larg.: 89 cm.

86 CALS (Adolphe-Félix). — *Scène d'intérieur.*

Une femme est assise dans un fauteuil vert près d'une cheminée et chausse sa pantoufle. Derrière elle, un lit découvert.
Signé à gauche et daté 1857.

Toile. — Haut.: 40 cm.; larg.: 31 cm.

87 CALS (Adolphe-Félix). — *Intérieur d'une cour.*

Bâtiments à poutres apparentes, le premier étage surplombant. Pêcheurs, femmes et enfants aux fenêtres.
Ouvrant sur la rue, une grande porte par laquelle entre une fillette un panier sous le bras. Premier plan dans l'ombre. Effet de lumière au fond sur la porte et sur la rue.
Signé à gauche et daté, Honfleur, 1875.

Toile. — Haut. : 47 cm.; larg. : 59 cm.

88 CALS (Adolphe-Félix). — *La Fileuse.*

Elle est assise avec sa quenouille dans un intérieur de paysan près d'une fenêtre et devant un rouet.
Signé à gauche et daté, 1860.
Salon de 1860.
Exposition centennale de l'art français, 1889, n° 117 du catalogue.

Toile. — Haut.: 40 cm.; larg.: 31 cm.

89 CALS (Adolphe-Félix). — *La Mère et l'Enfant.*

Une femme est assise sur une chaise et tient son enfant dans ses bras.
Signé à gauche, dans le haut, et daté, Honfleur, 1877.

Toile. — Haut.: 35 cm.; larg.: 27 cm.

90 CALS (Adolphe-Félix). — *Un cultivateur à Orrouy.* 2200

En manches de chemise et les bras croisés, il se tient sur le seuil de sa porte encadrée de feuillage.
Signé vers le milieu et daté, 1859.

Toile. — Haut. : 40 cm. ; larg. : 32 cm.

91 CASSATT (Mary). — *Le Thé.* 11700

Reproduit 8000

Deux femmes assises sur un canapé devant une table où le thé est servi. L'une, tête nue ; l'autre, en chapeau et gantée, une tasse à la main. Au fond et à droite, cheminée surmontée d'une glace.
Signé à gauche.

Toile. — Haut. : 64 cm. ; larg. : 88 cm.

8000 92 CEZANNE (Paul), 1839-1906. — *Les Baigneuses.* 18000

Femmes nues dans une prairie, sous les arbres au bord d'un ruisseau.

Toile. — Haut. : 40 cm. ; larg. : 42 cm.

93 CEZANNE (Paul). — *Femme et Enfant.* 10 000

Tenant dans ses bras un enfant endormi, une jeune femme s'est assoupie.

C'est grotesque de prix et honteux

Toile. — Haut. : 23 cm. ; larg. : 23 cm.

94 CEZANNE (Paul). — *Nature morte.* 7000

Pêche et grappe de raisins sur une assiette.

Toile. — Haut. : 16 cm. 1/2 ; larg. : 29 cm.

95 CEZANNE (Paul). — *Etude de nu.*

Femme nue sur un divan bleu, un miroir dans la main droite.

Toile. — Haut.: 16 cm.; larg.: 22 cm.

96 CEZANNE (Paul). — *Nature morte.*

Trois pommes.

Toile. — Haut.: 16 cm. 1/2; larg.: 10 cm.

97 CHAPLIN (Charles), 1825-1891. — *Portrait de Madame Feydeau, née Blanqui.*

Assise sur un divan, cheveux noirs en bandeaux, robe bleue.
Signé à gauche.

Toile. — Haut.: 26 cm.; larg.: 21 cm.

98 CHAPLIN (Charles). — *Portrait de Monsieur Feydeau.*

Il est assis et feuillette un album placé sur ses genoux.
Signé à droite.

Toile. — Haut.: 26 cm.; larg.: 21 cm.

99 CHINTREUIL (Antoine), 1816-1873. — *Paysage.*

Une route passe dans les prés en fleurs; au fond, des faucheurs.
Signé à gauche.

Toile. — Haut.: 34 cm.; larg.: 65 cm.

100 CHINTREUIL (Antoine). — *Effet de matin.*

Au premier plan, une prairie avec bouquet d'arbres jaunissants; dans le ciel, soleil voilé.
Signé à gauche.

Toile. — Haut.: 31 cm.; larg.: 39 cm.

101 COLIN (Gustave), 1828-1911. — *La Baie de Saint-Jean-de-Luz.*

Au premier plan, une barque avec des rameurs; à droite, la jetée; au fond, la ville.
Signé à droite et daté, 1878.

Toile. — Haut.: 82 cm.; larg.: 1 m. 19.

102 COLIN (Gustave). — *Paysage.*

La baie de Pasajés entourée de collines, à la tombée du soir. Au premier plan, une barque avec rameurs.
Signé à gauche.

Toile. — Haut.: 65 cm.; larg.: 81 cm.

103 COLIN (Gustave). — *Le Chemin montant de Bordagain.*

Au premier plan, monte le chemin blanc bordé d'herbe et de buissons. En haut, une maison basque devant un rideau d'arbres.
Signé à droite et daté, 1871.

Toile. — Haut.: 74 cm.; larg.: 98 cm.

104 COROT (Jean-Baptiste), 1796-1875. — *Cavalier en vue d'un village.*

Une route au milieu de la plaine; au fond, des dunes aux pieds desquelles on aperçoit un village. Au premier plan, une femme parle à un cavalier qui passe sur la route.
Signé à gauche.
N° 24 du catalogue de la vente Berthelier, 9 mai 1889.
Reproduit dans *l'Œuvre de Corot*, par MM. Robaut et Moreau-Nélaton, et cité tome III, page 218, n° 2102.

Toile. — Haut.: 33 cm.; larg.: 40 cm.

105 COROT (Jean-Baptiste). — *Rome, île et pont San Bartolomeo.*

Au premier plan, le Tibre; plus loin, l'île couverte de maisons et reliée à la ville par deux ponts de pierre, l'un à droite et l'autre à gauche.
Signé à gauche.
N° 160 du catalogue de l'Exposition centennale de l'art français, 1889.
Reproduit dans *l'Œuvre de Corot*, par MM. Robaut et Moreau-Nélaton, et cité tome II, page 30, n° 75.

Toile. — Haut.: 27 cm.; larg.: 43 cm.

106 COROT (Jean-Baptiste). — *Paysage près d'un moulin à eau.*

Au premier plan, une femme traverse une prairie; plus loin, au milieu de la verdure et au bord d'un ruisseau, les bâtiments d'un moulin; au fond, un bouquet d'arbre sur une colline.
Signé à gauche.

Toile. — Haut.: 27 cm.; larg.: 35 cm.

107 COROT (Jean-Baptiste). — *Marino, vue générale (le matin).*

8000 17500

A gauche, la ville sur une colline verdoyante; au fond, la mer.
A droite, cachet de la vente Corot.
N° 290 du catalogue de la vente Corot, 26 mai 1875. 105 f
Reproduit dans l'*Œuvre de Corot*, par MM. Robaut et Moreau-Nélaton, et cité tome II, page 8, n° 1268.

Toile. — Haut.: 24 cm.; larg.: 36 cm.

108 COROT (Jean-Baptiste). — *Bretonne allaitant son enfant.*

Reproduit 21700

Elle est assise, vue de trois quarts à droite, en jupe brune et corsage bleu et regarde téter son enfant.
Signé à droite.
N° 40 du catalogue de la vente Paton, 24 avril 1883. 290 f
Reproduit dans l'*Œuvre de Corot*, par MM. Robaut et Moreau-Nélaton, et cité tome II, page 8, n° 1268.

Peinture sur zinc. — Haut.: 32 cm.; larg.: 24 cm.

109 COROT (Jean-Baptiste). — *Aqueducs dans la campagne romaine.* (Beau.)

Reproduit 16000

Au premier plan, un chemin de terre rouge entre deux talus de la même couleur et parsemés d'herbes vertes; dans le fond, des restes d'aqueducs et des montagnes.
A droite, cachet de la vente Corot.
N° 11 du catalogue de la vente Corot, 26 mai 1875. 570 f
Reproduit dans l'*Œuvre de Corot*, par MM. Robaut et Moreau-Nélaton, et cité tome II, page 30, n° 74.

Toile. — Haut.: 24 cm.; larg.: 44 cm.

110 COROT (Jean-Baptiste). — *Volterra, route descendant de la ville.*

Un chemin descend de la ville qu'on aperçoit au fond et à gauche. Au premier plan, un paysan avec son âne; à droite, un ravin avec des arbres et des rochers.
A gauche, cachet de la vente Corot.
N° 70 du catalogue de la vente Corot, 26 mai 1875.
Reproduit dans *l'Œuvre de Corot*, par MM. Robaut et Moreau-Nélaton, et cité tome II, page 108, n° 305.

Toile. — Haut. : 29 cm.; larg. : 39 cm.

111 COROT (Jean-Baptiste). — *Rome, le Colisée.*

Vue prise de la basilique de Constantin.
Signé vers le milieu et daté vers la droite, décembre 1825.
N° 25 du catalogue de la vente E. Picard, 4 avril 1884.
N° 69 du catalogue de l'exposition Corot, Ecole des Beaux-Arts, 1875.
Reproduit dans *l'Œuvre de Corot*, par MM. Robaut et Moreau-Nélaton, et cité tome II, page 18, n° 46.

Toile. — Haut. : 18 cm.; larg. : 28 cm.

112 COROT (Jean-Baptiste). — *Une chapelle du Limousin.*

A droite, un mur blanc éclairé par le soleil. Devant la chapelle, quelques arbustes; à gauche, un jet d'eau; un bouquet d'arbres au fond.
Signé à gauche.
N° 21 du catalogue de la vente Prévost, 24 mai 1887.
Reproduit dans *l'Œuvre de Corot*, par MM. Robaut et Moreau-Nélaton, et cité tome III, page 240, n° 705.

Panneau. — Haut. : 21 cm.; larg. : 29 cm.

113 COROT (Jean-Baptiste). — *Suissesse de l'Oberland.*

Debout, de trois quarts à gauche, en jupe grise, corsage blanc et noir, coiffure noire, le bras gauche appuyé sur un fauteuil.
A droite, cachet de la vente Corot.
N° 410 du catalogue de la vente Corot, 26 mai 1875.
Reproduit dans *l'Œuvre de Corot*, par MM. Robaut et Moreau-Nélaton, et cité tome III, page 150, n° 418.

Panneau. — Haut. : 34 cm. ; larg. : 20 cm.

114 COROT (Jean-Baptiste). — *A Tivoli, Villa d'Este.*

Au premier plan, une balustrade en pierre sur laquelle est assis un petit paysan italien. Au delà et à droite, un grand cyprès dont la cime dépasse les oliviers qui l'entourent. Plus loin, des maisons ; au fond, les montagnes.
A droite, cachet de la vente Corot.
N° 95 du catalogue de la vente Corot, 26 mai 1875.
N° 99 du catalogue de l'Exposition Corot, galeries Durand-Ruel, 1878.
N° 126 du catalogue de l'Exposition centennale de l'art français, 1900.
Reproduit dans *l'Œuvre de Corot*, par MM. Robaut et Moreau-Nélaton, et cité tome II, page 164, n° 457.

Toile. — Haut. : 43 cm. ; larg. : 60 cm.

115 COROT (Jean-Baptiste). — *Environs de Montpellier.*

Au premier plan, un homme est couché sur le sol, près d'un petit lac bordé d'arbres.
Dans le fond, sur une colline, on aperçoit des maisons parmi la verdure.
Signé à droite.
Reproduit dans *l'Œuvre de Corot*, par MM. Robaut et Moreau-Nélaton, et cité tome II, page 222, n° 632.

Toile. — Haut. : 17 cm. ; larg. : 30 cm.

116 COROT (Jean-Baptiste). — *Environs de Schéveningue (Hollande)*.

Bouquets de bois et vallonnements dans les dunes.

Signé à gauche.

Collection Prévost.

Reproduit dans *l'Œuvre de Corot*, par MM. Robaut et Moreau-Nélaton, et cité tome II, page 246, n° 736.

Panneau. — Haut.: 12 cm.; larg.: 32 cm.

117 COROT (Jean-Baptiste). — *Jeune garçon, coiffé d'un chapeau haut de forme.*

Il est vêtu d'une blouse grise et d'un pantalon bleu, les jambes et les pieds nus, assis à terre et vu de trois quarts à droite, le coude gauche appuyé sur une souche.

Signé à gauche.

Reproduit dans *l'Œuvre de Corot*, par MM. Robaut et Moreau-Nélaton, et cité tome II, page 22, n° 56.

Toile. — Haut.: 20 cm.; larg.: 20 cm.

118 COROT (Jean-Baptiste). — *Baigneuses, les îles Borromées.*

Au premier plan, entre un rocher et un îlot de verdure, de grands arbres émergent du lac où se baignent deux femmes. L'un d'elles entoure de ses bras un tronc dépouillé tandis que l'autre, se retenant à une branche, plonge une main dans l'eau.

Au loin, on aperçoit les îles Borromées où un dôme et les construction d'un château se détachent sur le ciel.

Signé à gauche.

N° 45 du catalogue de l'exposition des œuvres de Corot, Ecole des Beaux-Arts, 1875.

N° 105 du catalogue de l'exposition Corot, Galeries Durand-Ruel, 1878.

Reproduit dans *l'Œuvre de Corot*, par MM. Robaut et Moreau-Nélaton, et cité tome III, page 154, n° 1653.

Toile. — Haut.: 78 cm.; larg.: 57 cm.

119 COROT (Jean-Baptiste). — *La Femme de ménage.*

En robe bleue, tablier et bonnet blancs, les bras croisés, elle est vue de profil à gauche, debout près d'un lit.
N° 336 du catalogue de la vente Corot, 26 mai 1875.
Reproduit dans *l'Œuvre de Corot*, par MM. Robaut et Moreau-Nélaton, et cité tome II, page 142, n° 385.

Panneau. — Haut. : 22 cm. ; larg. : 14 cm.

120 COROT (Jean-Baptiste). — *La Soubrette à la fleur rouge.*

Elle est vue debout, en robe grise légèrement décolletée, la main gauche appuyée sur le dossier d'une chaise, la droite ramenée sur la poitrine.
Au fond, l'atelier dans la pénombre.
Signé à droite.
N° 54 du catalogue de la vente Paton, avril 1883.
Reproduit dans *l'Œuvre de Corot*, par MM. Robaut et Moreau-Nélaton, et cité tome III, page 8, n° 1266.

Toile. — Haut. : 46 cm. ; larg. : 32 cm.

121 COROT (Jean-Baptiste). — *Jeune femme en robe rose.*

Elle est vue de trois quarts à gauche, en robe rose décolletée, un ruban jaune dans les cheveux, et, autour du cou, un velours noir avec médaillon, la main droite appuyée sur une table.
Fond gris.
Cachet de la vente Corot.
N° 177 du catalogue de la vente Corot, 26 mai 1875.
Reproduit dans *l'Œuvre de Corot*, par MM. Robaut et Moreau-Nélaton, et cité tome III, page 62, n° 1430.

Panneau. — Haut. : 46 cm. ; larg. : 32 cm.

122 COROT (Jean-Baptiste). — *Aqueducs dans la campagne de Rome.* 8500

Terrains au premier plan; aqueducs et montagnes au loin; nuages dans le ciel.
Signé à droite et daté, 1825.
Reproduit dans *l'Œuvre de Corot*, par MM. Robaut et et Moreau-Nélaton, et cité tome II, page 38, n° 96.

Toile. — Haut. : 15 cm.; larg. : 26 cm.

123 COROT (Jean-Baptiste). — *Collines de Genzano.* 9000

Au premier plan, des massifs de verdure au delà desquels on aperçoit une colline et la ville. (Jolie étude.) c'est payé tout de même 570
A droite, cachet de la vente Corot.
N° 97 du catalogue de la vente Corot, 26 mai 1875.
Reproduit dans l'*Œuvre de Corot*, par MM. Robaut et Moreau-Nélaton et cité tome II, page 162, n° 454.

Toile. — Haut.: 17 cm.; larg.: 29 cm.

124 COROT (Jean-Baptiste). — *Jeune femme jouant de la mandoline.* 13500

En robe jaune décolletée, un ruban rouge dans les cheveux, elle est assise dans un atelier et joue de la mandoline devant un tableau posé sur un chevalet.
Signé à gauche.
Reproduit dans *l'Œuvre de Corot*, par MM. Robaut et Moreau-Nélaton, et cité tome III, page 298, n° 2148 *bis*.

Panneau. — Haut.: 42 cm.; larg.: 32 cm.

125 COROT (Jean-Baptiste). — *La Femme en bleu.*

Elle est debout, vue de profil à droite, en robe bleue décolletée, le bras appuyé sur un coussin rouge, un éventail dans la main gauche.
Au fond, des études accrochées au mur.
Signé à droite et daté, 1874.
N° 128 du catalogue de l'exposition centennale de l'art français, 1900.
Reproduit dans *l'Œuvre de Corot,* par MM. Robaut et Moreau-Nélaton, et cité tome III, page 312, n° 2180.

Toile. — Haut.: 80 cm.; larg.: 50 cm.

126 COROT (Jean-Baptiste). — *Bohémienne rêveuse*

En corsage blanc à manches brodées, un tablier blanc sur sa robe rouge, une parure dans les cheveux, elle est accoudée à une table.
N° 8 du catalogue de la vente O'doard, 25 mars 1878.
Reproduit dans *l'Œuvre de Corot,* par MM. Robaut et Moreau-Nélaton, et cité tome III, page 60, n° 1424.

Toile. — Haut.: 47 cm.; larg.: 36 cm.

127 COROT (Jean-Baptiste). — *Italienne à la fontaine.*

Coiffée d'un mouchoir rouge, un tablier blanc sur sa robe brune, elle est vue à mi-corps, de trois quarts à gauche.
Le bras droit est appuyé sur une cruche de métal.
A droite, cachet de la vente Corot.
N° 35 du catalogue de la vente Corot, 26 mai 1875.
Reproduit dans *l'Œuvre de Corot,* par MM. Robaut et Moreau-Nélaton, et cité tome II, page 36, n° 88.

Toile. — Haut. : 30 cm.; larg. : 23 cm.

128 COROT (Jean-Baptiste). — *Jeune femme blonde à la tunique claire.*

Drapée dans une étoffe rose rayée de vert, un ruban autour du cou, une parure dans les cheveux, elle est vue de trois quarts à gauche, assise près d'un guéridon. Son bras droit s'appuie sur le dossier d'une chaise.
Signé à gauche.
N° 175 du catalogue de l'exposition centennale de l'art français, 1889.
Reproduit dans *l'Œuvre de Corot*, par MM. Robaut et Moreau-Nélaton, et cité tome III, page 296, n° 2145.

Panneau. — Haut.: 60 cm.; larg.: 44 cm.

129 COROT (Jean-Baptiste). — *Rome, la vasque de l'Académie de France.*

Au premier plan, la vasque de la fontaine qu'encadrent deux chênes verts. Au fond, vue de Rome avec le dôme de Saint-Pierre.
Signé à gauche.
N° 28 du catalogue de la vente Corot, 26 mai 1875.
N° 127 du catalogue de l'exposition centennale de l'art français, 1900.
Reproduit dans *l'Œuvre de Corot*, par MM. Robaut et Moreau-Nélaton, et cité tome II, page 32, n° 79.

Toile. — Haut.: 18 cm.; larg.: 29 cm.

130 COROT (Jean-Baptiste). — *Tête d'homme à grande barbe (étude pour le baptême du Christ).*

Saint Jean-Baptiste est vu de face jusqu'à la ceinture, les cheveux longs et la barbe touffue, en vêtement bleu, le regard légèrement tourné vers la gauche. Il semble désigner quelqu'un de la main droite.
A gauche, cachet de la vente Corot.
N° 369 du catalogue de la vente Corot, 26 mai 1875.
Reproduit dans *l'Œuvre de Corot*, par MM. Robaut et Moreau-Nélaton, et cité tome II, page 174, n° 472.

Toile. — Haut. : 24 cm. ; larg. : 16 cm.

131 COROT (Jean-Baptiste). — *La Source.*

Elle est représentée sous les traits d'une jeune femme nue, à demi couchée dans une prairie, la tête de face, une couronne de feuillage dans les cheveux, le bras droit appuyé sur une cruche d'où l'eau s'écoule.
A gauche, cachet de la vente Corot.
N° 136 du catalogue de la vente Corot, 26 mai 1875.
Reproduit dans *l'Œuvre de Corot*, par MM. Robaut et Moreau-Nélaton, et cité tome II, page 228, n° 660.

Toile. — Haut. : 34 cm. ; larg. : 39 cm.

132 COROT (Jean-Baptiste). — *Gouvieux, près Chantilly.*

Au premier plan, un homme et une femme sur un chemin qui monte vers le village. A droite, un bouquet d'arbres ; à gauche, un talus.
N° 46 du catalogue de l'exposition Corot, Ecole des Beaux-Arts, 1875.
Reproduit dans *l'Œuvre de Corot*, par MM. Robaut et Moreau-Nélaton, et cité tome II, page 282, n° 885.

Toile. — Haut. : 25 cm. ; larg. : 35 cm.

133 COROT (Jean-Baptiste). — *Le Velino, à la sortie du lac de Papigno.*

Rochers à fleurs d'eau entourés d'écume; au fond, le feuillage des arbres de la berge.

Reproduit dans *l'Œuvre de Corot*, par MM. Robaut et Moreau-Nélaton, et cité tome II, page 46, n° 128.

Toile. — Haut.: 24 cm.; larg.: 39 cm.

134 COROT (Jean-Baptiste). — *Un lac de l'Oberland.*

Au premier plan, le lac où se reflètent les arbres de la rive. Dans le fond, des montagnes.

A gauche, cachet de la vente Corot.

N° 328 du catalogue de la vente Corot, mai 1875.

N° 96 du catalogue de la vente Doria, 1899, sous le titre : *Le lac noir près du lac de Brientz.*

Reproduit dans *l'Œuvre de Corot*, par MM. Robaut et Moreau-Nélaton, et cité tome II, page 148, n° 408.

Toile. — Haut.: 22 cm.; larg.: 35 cm.

135 COROT (Jean-Baptiste). — *Vue de la tour de Rabat, à Grenoble.*

Sur le versant d'une colline, au milieu d'arbustes, à droite et au premier plan, une maison; plus loin et à gauche, la tour; au fond, les montagnes.

Signé à gauche.

Toile. — Haut.: 31 cm.; larg.: 39 cm.

136 COROT (Jean-Baptiste). — *Saulaie, le matin.*

A droite, la lisière d'un bois; à gauche, la plaine où l'on voit un laboureur et ses bœufs.

Reproduit dans *l'Œuvre de Corot*, par MM. Robaut et Moreau-Nélaton, et cité tome III, page 152, n° 1646.

137 COROT (Jean-Baptiste). — *Bouquets d'arbres, le soir.*

Soleil couchant dans une plaine semée de bouquets d'arbres.
Reproduit dans *l'Œuvre de Corot*, par MM. Robaut et Moreau-Nélaton, et cité tome III, page 152, n° 1647.

Toile. — Haut. : 30 cm.; larg. : 1 m. 13.

138 COROT (Jean-Baptiste). — *Dame assise, de face, les cheveux sur les épaules.*

Elle est vue à mi-corps, en robe blanche décolletée, un diadème dans les cheveux.
A droite, cachet de la vente Corot, apposé également sur le châssis.
N° 459 du catalogue de la vente Corot, 26 mai 1875.
Reproduit dans *l'Œuvre de Corot*, par MM. Robaut et Moreau-Nélaton, et cité tome II, page 50, n° 1384.

Toile ovale. — Haut. : 38 cm.; larg. : 27 cm.

139 COROT (Jean-Baptiste). — *Paysanne à la chemise blanche et au bonnet jaune.*

Assise et vue de face, elle s'appuie sur le coude droit, la main gauche sur les genoux, en robe violette ouverte, les bras mi-nus, une étoffe jaune dans les cheveux.
Signé à droite.
Sur le châssis, cachet de la vente Corot.
N° 93 du catalogue de la vente Corot, 26 mai 1875.
Reproduit dans *l'Œuvre de Corot*, par MM. Robaut et Moreau-Nélaton, et cité tome II, page 150, n° 414.

Toile. — Haut. : 34 cm.; larg. : 27 cm.

140 COROT (Jean-Baptiste). — *Collines boisées (Campagne de Rome)*.

Au premier plan, terrains vallonnés; au fond, ruines de monuments antiques et montagnes.
Cité dans *l'Œuvre de Corot*, par MM. Robaut et Moreau-Nélaton, tome II, page 62, n° 180.

Peinture sur carton.

Haut. : 16 cm.; larg. : 34 cm.

141 COROT (Jean-Baptiste). — *La Tragédie*.

Elle est représentée sous les traits d'une femme drapée de blanc, la gorge légèrement découverte et les bras nus. Celui de droite est ramené sur la poitrine, tandis que l'autre retombe le long du corps. La main gauche tient un rouleau de papier, la tête penchée est couronnée de feuillages.
Signé à gauche, dans le haut.
Cité dans *l'Œuvre de Corot*, par MM. Robaut et Moreau-Nélaton, tome III, page 52, n° 1386.

141 *bis* COROT (Jean-Baptiste). — *Sous bois*.

Une femme est assise à droite, dans un fourré. Au premier plan, de grands troncs d'arbres.
Signé à gauche.
Reproduit dans *l'Œuvre de Corot*, par MM. Robaut et Moreau-Nélaton, et cité tome II, page 282, n° 883 *bis*, sous le titre *Fourré d'arbres*.

Toile. — Haut.: 34 cm.; larg.: 26 cm.

142 COROT (Jean-Baptiste). — *Vue de Papigno.*

Sur une colline, des maisons dominées par une montagne au delà d'un ravin rempli d'arbres; quelques oliviers au premier plan et à droite.
Signé à droite.

Panneau. — Haut.: 33 cm.; larg.: 46 cm.

143 COROT (Jean-Baptiste). — *La Poésie.*

Elle est représentée sous les traits d'une jeune femme vue de profil, en corsage décolleté, le coude droit appuyé sur les genoux, et tenant un rouleau de papier dans la main gauche.
A droite, cachet de la vente Corot.
N° 192 du catalogue de la vente Corot, 26 mai 1875.
Reproduit dans *l'Œuvre de Corot*, par MM. Robaut et Moreau-Nélaton, et cité tome III, page 52, n° 1391.

Toile. — Haut.: 55 cm.; larg.: 48 cm.

144 COROT (Jean-Baptiste). — *Naples et le château de l'Œuf.*

Au premier plan, les vagues déferlent sur le sable; à gauche, la ville. A droite et dans le fond, le château de l'Œuf et une chaîne de montagnes.
A gauche, cachet de la vente Corot.
N° 42 du catalogue de la vente Corot, 26 mai 1875.
N° 189 du catalogue de l'exposition centennale de l'art français, 1889.
Reproduit dans *l'Œuvre de Corot*, par MM. Robaut et Moreau-Nélaton, et cité tome II, page 64, n° 185.

Toile. — Haut.: 22 cm.; larg.: 40 cm.

145 COROT (Jean-Baptiste). — *Intérieur du baptistère de Saint-Marc* (*Venise*).

La chapelle est ornée de fresques et de mosaïques. Au milieu, les fonts baptismaux en marbre surmontés d'une statue de bronze; à droite, le tombeau du doge André Dandolo; à gauche, deux personnages.
A gauche, cachet de la vente Corot.
N° 76 du catalogue de la vente Corot, 26 mai 1875.
Reproduit dans *l'Œuvre de Corot*, par MM. Robaut et Moreau-Nélaton, et cité tome II, page 112, n° 313.

Panneau. — Haut.: 40 cm.; larg.: 29 cm.

146 COROT (Jean-Baptiste). — *L'Etoile du berger*.

Au premier plan, adossée contre un arbre, au bord d'un étang, une figure drapée lève les bras vers le ciel.
A droite, un berger rentre ses moutons.
Effet de crépuscule.
Signé à gauche.
Première pensée de *l'Etoile du berger* du musée de Toulouse.

Toile. — Haut.: 38 cm.; larg.: 46 cm.

147 COROT (Jean-Baptiste). — *Tête de jeune Italienne*.

Elle est vue de face; un mouchoir sur la tête, en chemisette blanche; un ruban noir autour du cou.
Signé à gauche.
Reproduit dans *l'Œuvre de Corot*, par MM. Robaut et Moreau-Nélaton, et cité tome III, page 298, n° 2148.

Panneau. — Haut.: 32 cm.; larg.: 24 cm.

148 COROT (Jean-Baptiste). — *Albano, versant rocheux.*

Un talus escarpé surmonté d'arbres.
A gauche, cachet de la vente Corot, 26 mai 1875.

Toile. — Haut.: 27 cm.; larg.: 40 cm.

149 COROT (Jean-Baptiste). — *Fontainebleau. — Près la Chaise à Marie.*

Rochers gris et quelques arbres au-dessus d'un talus jaune clair.
A droite, cachet de la vente Corot.
N° 60 du catalogue de la vente Corot, 26 mai 1875.
N° 50 du catalogue de la vente Arago, 4 mai 1892, sous le titre, *Carrière de Fontainebleau.*
Reproduit dans *l'Œuvre de Corot*, par MM. Robaut et Moreau-Nélaton, et cité tome II, page 94, n° 263.

Toile. — Haut.: 37 cm.; larg.: 46 cm.

150 COURBET (Gustave), 1819-1877. — *Portrait du philosophe Trapadoux.*

Il est assis, vu de face, les cheveux et la barbe noire, en vareuse grise et pantalon gris rayé de bleu, un livre à gravures ouvert sur les genoux, le coude gauche appuyé sur une table, une pipe à la main. A gauche, un poêle, une bouillotte et une terrine contenant du charbon.
Signé à droite.
Collection du comte d'Ideville.
Cité dans *Gustave Courbet*, par le comte d'Ideville, page 38 et reproduit par Martial, en une gravure, hors texte, pour le même ouvrage.

Toile. — Haut.: 80 cm.; larg.: 65 cm.

151 COURBET (Gustave). — *La Ferme des Poncels, près du fort de Joux, à Pontarlier.*

Une prairie au premier plan. Plus loin et à gauche, des sapins le long d'une pente. A droite, des maisons et des rochers à la lisière de la forêt.
Signé à gauche et daté, 1864.
N° 85 de l'Exposition rétrospective des œuvres de Courbet à l'Ecole des Beaux-Arts, mai 1882.
N° 145 du catalogue de l'Exposition centennale de l'Art français, 1900, sous le titre, *La forêt dans le Jura.*

Toile. — Haut. : 54 cm.; larg. : 65 cm.

152 COURBET (Gustave). — *Le Puits noir.*

Un ruisseau coule au fond d'un ravin parmi la verdure, entre des rochers à pic.
Signé à gauche.
N° 75 de l'exposition rétrospective des œuvres de Courbet, à l'Ecole des Beaux-Arts, mai 1882.

Toile. — Haut. : 72 cm.; larg. : 92 cm.

153 COURBET (Gustave). — *Femme nue.*

Assise sur un rocher au bord d'un ruisseau, elle s'appuie sur ses mains ramenées en arrière et allonge sa jambe gauche dans l'eau.
Signé à droite.

Toile. — Haut. : 27 cm.; larg. : 34 cm.

154 COURBET (Gustave). — *Portrait de l'artiste.*

Il s'est représenté assis et vu de face, le coude sur un gros livre, la main droite près de la tête, la gauche sur le dossier de sa chaise.
Signé à gauche.

Peinture sur carton.
Haut.: 44 cm.; larg.: 36 cm.

155 COURBET (Gustave). — *Nature morte.*

Des pommes, des poires et des feuillages sont posés sur une étoffe verte.
Signé à droite.
Peint après la Commune, à Sainte-Pélagie.

Toile. — Haut. : 23 cm.; larg. : 32 cm.

156 COURBET (Gustave). — *Nature morte.*

Des pommes, des poires et des feuillages sont posés sur une table.
Signé à gauche.

Toile. — Haut.: 23 cm.; larg.: 32 cm.

157 COURBET (Gustave). — *Nature morte.*

Sur une nappe blanche, des petites pommes dans une coquille Saint-Jacques.
Signé à droite, et daté, Sainte-Pélagie, 1871.

Peinture sur carton.
Haut.: 21 cm.; larg.: 30 cm.

158 COUTURE (Thomas), 1815-1879. — *Jeune fille au bord de la mer.*

Elle est vue en buste de trois quarts à droite, une fleur et des rubans dans ses cheveux noirs.
Initiales T. C., à gauche, au-dessus de l'épaule.

Toile ovale. — Haut. : 50 cm. 1/2; larg. : 43 cm.

159 COUTURE (Thomas). — *Portrait de Madame Poulain-Dumesnil.*

Elle est vue de trois quarts à droite, coiffée en bandeaux, un ruban dans les cheveux et vêtue d'une robe noire.
Signé à gauche.

Toile. — Haut. : 59 cm. ; larg. : 49 cm.

160 DAUMIER (Honoré), 1808-1879. — *Porteur d'eau.*

Il est vu de dos, le bras gauche écarté, et soulève avec effort un seau qu'il tient de la main droite.
Initiales H. D., à droite.
Cité dans *Honoré Daumier*, par Arsène Alexandre, page 375.

Panneau. — Haut. : 25 cm. ; larg. : 15 cm.

161 DAUMIER (Honoré). — *Crispin et Scapin.*

Dans un décor de théâtre, Scapin, enveloppé dans un manteau gris, écoute en riant Crispin qui, vêtu de noir, lui parle à l'oreille.
Collection Ch. Daubigny.
Cité dans *Honoré Daumier*, par Arsène Alexandre, page 373, et reproduit page 185.

Toile. — Haut. : 59 cm. ; larg. : 82 cm.

162 DAUMIER (Honoré). — *Les Avocats.*

Dans un couloir du Palais, un avocat, la tête haute et un dossier sous le bras, parle à deux de ses confrères qui l'écoutent en riant ; au fond, une femme en pleurs et un gendarme.
Signé à gauche.
N° 233 du catalogue de l'Exposition centennale de l'art français, 1889.

Toile. — Haut. : 41 cm. ; larg. : 33 cm.

163 DAUMIER (Honoré). — *Scène de la Révolution.*

Un personnage, en chemise ouverte sur la poitrine, aux cheveux flottants, entraîne du geste de son bras levé, la foule où l'on aperçoit un homme en chapeau haut de forme et redingote noire, une femme en corsage jaune et un jeune ouvrier.
N° 176 du catalogue de l'Exposition centennale de l'art français, 1900, sous le titre *Mouvement populaire dans la rue.*
Cité dans *Honoré Daumier*, par Arsène Alexandre, page 373.

Toile. — Haut. : 91 cm. ; larg. : 70 cm.

164 DAUMIER (Honoré). — *Un coin de théâtre.*

Au premier plan, un homme assis entre deux femmes regarde la scène ; derrière eux, d'autres spectateurs.
Signé vers la droite.

Panneau. — Haut. : 26 cm. ; larg. : 35 cm.

165 DAUMIER (Honoré). — *Le Liseur.*

Un jeune homme fait la lecture à un vieillard assis à ses côtés sur un canapé et appuyé des deux mains sur une canne. Des tableaux sont accrochés au mur.
Signé à gauche.
N° 231 du catalogue de l'Exposition centennale de l'art français, 1889.
Cité dans *Honoré Daumier*, par Arsène Alexandre, page 374.

Toile. — Haut.: 31 cm.; larg.: 40 cm.

166 DAUMIER (Honoré). — *Peintre dans son atelier feuilletant un carton de dessins.*

Debout, tenant d'une main sa palette et de l'autre un dessin, il maintient avec son corps le carton ouvert sur une chaise. Dans le fond, une toile sur un chevalet et des études accrochées au mur.
Signé à gauche.
N° 663 du catalogue de la vente Corot, 26 mai 1875.
N° 189 du catalogue de l'Exposition centennale de l'art français, 1900.
Cité dans *Honoré Daumier*, par Arsène Alexandre, page 374.

Toile. — Haut.: 40 cm.; larg.: 31 cm.

167 DAUMIER (Honoré). — *Silène et faunes.*

Au premier plan, Silène, la tête couronnée de feuillages; derrière lui et à droite, un faune riant; à gauche, un autre personnage.
Initiales H. D., à gauche.
Cité dans *Honoré Daumier*, par Arsène Alexandre, page 374.

Panneau. — Haut.: 15 cm. 1/2; larg.: 20 cm.

168 DAUMIER (Honoré). — *Noctambules.*

Deux personnages, se promenant sur les quais, regardent la lune. A gauche, au loin, on aperçoit des silhouettes de maisons.
Initiales H. D., à gauche.
Cité dans *Honoré Daumier*, par Arsène Alexandre, page 375.

Panneau. — Haut. : 28 cm.; larg. : 19 cm.

169 DAUMIER (Honoré). — *Les Amateurs d'estampes.*

Un amateur, assis et vu de profil à gauche, regarde une estampe qu'il tient entre ses mains; pour mieux voir, d'autres amateurs se penchent au-dessus de lui.

Panneau. — Haut.: 29 cm.; larg.: 26 cm.

170 DAUMIER (Honoré). — *Un coin du palais.*

Deux avocats en robe se croisent; l'un est vu de face, des dossiers sous le bras, l'autre de profil et tournant la tête. Dans le fond, plusieurs personnages.
Signé à gauche.

Panneau. — Haut.: 13 cm.; larg.: 25 cm.

171 DAUMIER (Honoré). — *Les buveurs.*

Deux buveurs sont assis sous des arbres à une terrasse de cabaret. L'un se verse à boire, tandis que l'autre commence à s'assoupir. Un chien dort à leurs pieds.
Signé à gauche.

Toile. — Haut. : 37 cm.; larg. : 28 cm.

172 DAUMIER (Honoré). — *Dans la rue.*

Un ouvrier, vu de profil à gauche, passe dans la rue, la pipe à la bouche et une pioche sur l'épaule. Dans le fond, des personnages et des maisons.
Cité dans *Honoré Daumier,* par Arsène Alexandre, page 375.

Panneau. — Haut. : 12 cm. ; larg. : 16 cm.

173 DAUMIER (Honoré). — *Amateurs de tableaux.*

Trois amateurs regardent des tableaux dans une galerie. L'un d'eux est tête nue, les deux autres ont gardé leur chapeau sur la tête.

Peinture sur carton.
Haut. : 31 cm. ; larg. : 23 cm.

174 DAUZATS (Adrien), 1804-1868. — *Intérieur d'une église de village.*

Dans le chœur de l'église, une femme est agenouillée près de l'autel.

Toile. — Haut. : 34 cm. ; large. : 27 cm.

175 DECAMPS (Alexandre-Gabriel), 1803 - 1860. *Paysage.*

Au premier plan, des terrains défrichés. Plus loin, des bûcherons abattent des arbres.
Ciel chargé de nuages blancs.
Initiales D. C. à droite.

Toile. — Haut. : 36 cm. ; larg. : 45 cm.

176 DEGAS. — *La Répétition de danse.*

Un violoniste assis vers la gauche d'une grande salle éclairée par de larges fenêtres accompagne les exercices de trois danseuses.
Signé à droite.

Toile. — Haut.: 46 cm.; larg.: 60 cm.

177 DEGAS (Edgar). — *Les Danseuses à la barre.*

Deux danseuses s'exercent dans une salle. L'une, vue de profil, le buste légèrement incliné, tend la jambe droite en arrière sur la barre; l'autre, vue de dos, maintient sur la barre la jambe droite levée. A gauche, dans un coin, un arrosoir.
Signé à gauche.
Cité et reproduit dans *les Arts*, juin 1902.

Toile. — Haut.: 74 cm.; larg.: 76 cm.

178 DEGAS (Edgar). — *Sur la plage.*

Au premier plan, une bonne, en tablier blanc, est assise sur le sable et peigne les cheveux d'une fillette, qu'abrite une ombrelle; à droite sèche un costume de bain. Au loin, des baigneurs et des promeneurs.
Signé à droite.

Peinture à l'essence.

Haut.: 48 cm.; larg.: 82 cm.

179 DEGAS (Edgar). — *Danseuses dans une salle d'exercice.*

Celle de gauche fait des pointes; une autre attache son soulier; la troisième, vue de dos, arrange les plis de sa jupe.
Au fond, on aperçoit, à travers les vitres d'une fenêtre, les toits des maisons environnantes.
Signé vers le milieu.

Toile. — Haut.: 27 cm.; larg.: 22 cm.

180 DEGAS (Edgar). — *L'Enlèvement des Sabines*, d'après Le Poussin (Musée du Louvre).

A gauche, accompagné de deux sénateurs et debout sur le péristyle d'un palais, Romulus lève sa toge rouge pour donner le signal convenu.
De toutes parts, les Romains poursuivent et saisissent les Sabines qui cherchent vainement à s'enfuir.
Dans le fond, autour de la place, des temples et des palais.

Toile. — Haut.: 1 m. 52; larg.: 2 m. 10.

181 DELACROIX (Eugène), 1798-1863. — *Mort de Sénèque.*

Une étoffe bleue autour des reins, il est maintenu par ses esclaves au-dessus d'une cuve de porphyre.
Sur le châssis, cachet de la vente Delacroix.
N° 18 du catalogue de la vente Delacroix, 17 février 1864.
N° 40 du catalogue de la vente Arosa, 25 février 1878.
Cité et reproduit dans *l'Œuvre de Delacroix*, par A. Robaut, page 227, n° 882.

Toile. — Haut.: 27 cm.; larg.: 20 cm.

182 DELACROIX (Eugène). — *Portrait de l'artiste, à l'âge de vingt-cinq ans.*

Il s'est représenté de trois quarts à droite et jusqu'aux épaules. Cheveux noirs, légère moustache et barbiche.
N° 1 du catalogue de la vente Dutilleux, mars 1874.
N° 157 du catalogue de la vente Beurnonville, 21 mai 1883.
Cité et reproduit dans *l'Œuvre de Delacroix*, par A. Robaut, page 25, n° 69.

Toile. — Haut. : 35 cm. ; larg. : 27 cm.

183 DELACROIX (Eugène). — *Aspasie la Mauresque.*

Sur un fond de draperie rouge, la jeune femme est vue en buste et de face, les seins découverts.
Collections Riesener et Villot.
N° 192 du catalogue de l'Exposition Delacroix à l'Ecole des Beaux-Arts, 1885.
Cité et reproduit dans *l'Œuvre de Delacroix*, par A. Robaut, page 48, n° 162.

Toile. — Haut. : 27 cm. ; larg. : 22 cm.

184 DELACROIX (Eugène). — *Héliodore chassé du temple.*

Première pensée de la peinture décorative de l'église Saint-Sulpice.

Toile. — Haut. : 55 cm. ; larg. : 40 cm.

185 DELACROIX (Eugène). — *Composition pour le plafond d'Apollon au Louvre.*

Debout sur son char lumineux, le dieu, entouré des divinités de l'Olympe, lance ses flèches sur les monstres de la terre.

Toile. — Haut.: 50 cm.; larg.: 45 cm.

186 DELACROIX (Eugène). — *Assassinat de Jean sans Peur.*

Devant le dais installé sur le pont de Montereau pour l'entrevue avec le dauphin Charles, Jean sans Peur est renversé par ses assassins.
Au premier plan, un groupe de soldats.

Toile. — Haut.: 24 cm.; larg.: 40 cm.

187 DELACROIX (Eugène). — *Saint-Sébastien.*

Une femme, vêtue de bleu, est agenouillée à côté du Saint, assis et adossé à un arbre, et se penche sur lui pour panser ses blessures. Derrière elle, une autre femme, vêtue de rouge, porte un vase.
N° 30 du catalogue de la vente Arosa, 25 février 1878.
Réduction du tableau de l'église de Nantua.
Cité et reproduit dans *l'Œuvre de Delacroix*, par A. Robaut, page 167, n° 628.

Toile. — Haut. : 23 cm.; larg. : 30 cm.

188 DELACROIX (Eugène). —*Adam et Eve chassés du paradis terrestre.*

Eve, agenouillée et les bras ouverts, lève les yeux au ciel. Debout derrière elle, Adam pleure. Au-dessus de leurs têtes, baigné de lumière, un ange brandit un glaive. Première pensée pour la décoration de la deuxième coupole de la bibliothèque du Palais-Bourbon.

Toile hexagonale.

Haut.: 23 cm.; larg.: 26 cm.

189 DELACROIX (Eugène). — *Coin d'atelier: le poêle.*

A gauche, chauffé au rouge, un poêle sur lequel est posé un récipient. A droite, un écran et la porte de l'atelier entr'ouverte.
Signé à gauche.
N° 222 du catalogue de l'Exposition centennale de l'Art français, 1900.

Toile. — Haut.: 50 cm.; larg.: 43 cm.

190 DELACROIX (Eugène). — *Les Deux Indiens.*

A droite, en tunique blanche et ceint d'une écharpe bleue, un Indien est assis.
A gauche, un autre Indien, debout, s'appuie de la main droite sur une canne.
Sur le châssis, cachet de la vente Delacroix.
N° 136 du catalogue de la vente Delacroix, 17 février 1864.
N° 223 du catalogue de l'Exposition centennale de l'Art français.
Cité et reproduit dans *l'Œuvre de Delacroix*, par A. Robaut, page 395, n° 1483.

Toile. — Haut.: 37 cm.; larg.: 46 cm.

191 DELACROIX (Eugène). — *Tête pour une Pietà.*

Elle est enveloppée d'une draperie blanche et bleue qui laisse à découvert le visage aux yeux fermés et à la bouche entr'ouverte.
Au premier plan, les clous de la Croix.
Signé vers le milieu et daté, 1840.

Panneau. — Haut.: 37 cm.; larg.: 45 cm.

192 DELACROIX (Eugène). — *Fleurs.*
Des dahlias multicolores se détachent sur un fond vert.

Toile. — Haut.: 47 cm.; larg.: 71 cm.

193 DEVERIA (Eugène), 1805-1865. — *Le Prince Gaston d'Orléans se blessant dans un bal.*

Le prince est tombé à terre, plusieurs assistants s'empressent autour de lui.
Esquisse d'un grand tableau qui faisait partie de la galerie du Palais-Royal et qui fut détruit en 1848.
N° 292 du catalogue de l'Exposition centennale de 1889.

Toile. — Haut.: 47 cm.; larg.: 35 cm.

194 DIAZ DE LA PENA (Narcisse), 1807-1876. — *Paysage.*

Bouleaux et rochers dans la vallée de la Solle (forêt de Fontainebleau).
Signé à gauche.

Peinture sur carton.

Haut.: 24 cm.; larg.: 18 cm.

195 DIAZ DE LA PENA (Narcisse). — *Fleurs.*

Des bleuets, des œillets et des roses réunis en un bouquet.
Signé à gauche.

Panneau.

Haut. : 24 cm. 1/2; larg. : 18 cm. 1/2.

196 DUPRE (Jules), 1812-1889. — *Paysage.*

Au premier plan, une vache vient s'abreuver à un ruisseau; au fond, un pont de bois et des arbres.
Signé à gauche.

Toile. — Haut. : 45 cm.; larg. : 38 cm.

197 DUPRE (Jules). — *Paysage.*

Une route à la sortie d'un village; des deux côtés, arbres et maisons couvertes de chaume.
Peinture en grisaille.
Signé à gauche.

Toile. — Haut. : 45 cm.; larg. : 54 cm.

198 FANTIN-LATOUR (Henri), 1836-1904. — *La Nuit.*

Elle est représentée sous les traits d'une nymphe couchée sur des nuages éclairés par la lune.
Signé à gauche.

Toile. — Haut. : 49 cm.; larg. : 59 cm.

199 FANTIN-LATOUR (Henri). — *Nature morte.*

Six pêches sont posées sur des feuilles dans un panier.
Signé à gauche.

Toile. — Haut. : 25 cm. ; larg. : 32 cm.

200 FANTIN-LATOUR (Henri). — *Baigneuse.*

Après le bain, une jeune femme nue, assise sur ses vêtements, se repose sous un arbre dans une prairie.
Signé à droite.

Panneau. — Haut. : 21 cm. ; larg. : 24 cm.

201 FANTIN-LATOUR (Henri). — *Figure de femme.*

Elle est vue en buste, les cheveux châtains, en corsage à raies mauves et noires.
Signé à droite.

Toile. — Haut. : 46 cm. ; larg. : 38 cm.

202 FORAIN (Jean-Louis). — *L'Assistance judiciaire.*

Un pauvre, accompagné par une fillette et portant un enfant dans ses bras, présente un papier à son avocat.
Signé à droite.

Toile. — Haut. : 58 cm. ; larg. : 71 cm.

203 FORAIN (Jean-Louis). — *Au Jardin de Paris...*

Au premier plan, une femme, vêtue de noir, tient à la main un éventail fermé. A droite, un groupe de promeneurs; dans les feuillages du fond, des lumières.
Signé à gauche.

Peinture sur carton.
Haut.: 40 cm.; larg.: 58 cm.

204 GAUGUIN (Paul), 1848-1903. — *Papaete.*

Des Tahitiens, hommes, femmes et enfants, cueillent des fruits dans un verger au sol rouge.
Signé au milieu, et daté 1890, avec l'inscription : Nave, nave, mahana.

Toile. — Haut.: 94 cm.; larg.: 1 m. 30.

205 HARPIGNIES (Henri). — *Paysage.*
Au premier plan, une mare bordée de grands arbres. Plus loin, passent des cavaliers en costume rouge.
Signé à gauche, et daté 1866.

Toile. — Haut.: 1 m. 29; larg.: 71 cm.

206 HARPIGNIES (Henri). — *Paysage.*

Accompagné de son chien, un chasseur traverse les halliers. Au fond, une trouée dans la verdure.
Signé à gauche, et daté 1866.

Toile. — Haut.: 1 m. 29; larg.: 71 cm.

207 HEIM (François-Joseph), 1787-1865. — *Le Roi Charles X distribuant les récompenses au Salon de* 1824.

Debout, entouré de sa cour, le roi préside à la cérémonie. Première pensée du grand tableau exposé au Salon de 1826 et aujourd'hui au musée du Louvre.

Toile. — Haut.: 23 cm.; larg.: 39 cm.

208 INGRES (Jean-Dominique), 1780-1867, — *Portrait de Pallières.*

En habit brun, en gilet blanc et cravaté de rouge, le peintre est vu de trois quarts à droite.

Toile. — Haut.: 38 cm.; larg.: 31 cm.

209 ISABEY (Eugène), 1804-1886. — *Une rue en Orient.*

Des deux côtés, murs dans la pénombre. Dans le fond, des maisons blanches et un minaret éclairés par le soleil. A gauche, cachet de la vente Isabey.
N° 165 du catalogue de la vente Isabey, mars 1887.

Toile. — Haut.: 40 cm.; larg.: 29 cm.

210 ISABEY (Eugène). — *Au bal.*

Une jeune femme debout, en robe rouge décolletée et les bras nus.
Ce tableau a appartenu à Jongkind, élève d'Isabey.

Toile. — Haut. : 46 cm.; larg. : 31 cm.

211 ISABEY (Eugène). — *Combat naval près de Dunkerque.* 2000

Sur le rivage, les troupes sont rassemblées. A droite, derrière une palissade, deux officiers à cheval.
Au fond, sur la mer, plusieurs bateaux en feu.
Signé à droite, sur la courroie d'un tambour.

Toile. — Haut.: 44 cm.; larg.: 59 cm.

212 ISABEY (Eugène), 1804-1886. — *L'Alchimiste.* 1200.
pas très fait -

Il fume sa pipe debout dans son laboratoire encombré d'alambics et de vases de toutes formes.
A gauche, cachet de la vente Isabey.

Toile. — Haut.: 39 cm.; larg.: 51 cm.

213 ISABEY (Eugène). — *Marine.* 3000.

Des bateaux sont à l'ancre dans la petite anse d'un golfe dominé par des montagnes.
A droite, cachet de la vente Isabey.

Panneau. — Haut.: 28 cm.; larg.: 41 cm.

214 ISABEY (Eugène). — *Bateau de pêche.* 2700

Ses voiles blanches tombant le long de la coque, il est échoué à l'entrée du port.
Rosart (Moisgat)

Toile. — Haut.: 28 cm.; larg.: 38 cm.

215 JONGKIND (Johan-Barthold). — *Vue du pont Louis-Philippe, à Paris.*

Au premier plan, un remorqueur s'apprête à partir; au fond, les tours de Notre-Dame.
Signé à gauche.

Toile. — Haut.: 27 cm.; larg.: 40 cm.

216 JONGKIND (Johan-Barthold). — *Vue de Hollande.*

Un canal où se reflète la lune est bordé par des arbres. Au loin, des silhouettes de moulins se détachent sur le ciel nuageux. Vers la droite, un bateau est amarré près d'une maison.
Cité et reproduit dans *les Arts*, juillet 1902.
Signé à gauche, et daté 1867.

Toile. — Haut.: 32 cm.; larg.: 46 cm.

217 JONGKIND (Johan-Barthold). — *Un port en Hollande.*

Au premier plan, à gauche, près de trois pilotis, des pêcheurs ramènent une barque sur le rivage.
Plus loin, un voilier passe près d'un grand navire à l'ancre.
Effet de lumière argentée.
Signé à gauche, et daté 1870.

Toile. — Haut.: 33 cm.; larg.: 46 cm.

218 JONGKIND (Johan-Barthold). — *Un canal près de Rotterdam.* 5000.

Reproduit

8000

Au premier plan, un bateau, la voile repliée le long du mât, avance à la perche. Au bord du canal, à droite, des arbres et des maisons. A gauche, un pêcheur s'avance, sa ligne sur l'épaule.
Signé à droite.

Toile. — Haut. : 41 cm. ; larg. : 56 cm.

219 JONGKIND (Johan-Barthold). — *Moulin au bord d'un canal (Hollande).* 5100

Je préfère le mien de beaucoup.

Au clair de lune, un grand moulin se détache sur le ciel. Plus loin, des arbres bordent le quai aux fenêtres éclairées.
Signé à gauche, et daté 1869.

Toile. — Haut. : 32 cm. ; larg. : 41 cm.

220 JONGKIND (Johan-Barthold). — *Le Pont Neuf.*

3100

A droite, la berge, où quelques ouvriers soulèvent un grand bloc de pierre blanche, se prolonge jusqu'aux arches du pont.
Un bateau-lavoir est amarré vers la gauche.
Signé à droite.

Toile. — Haut. : 21 cm. ; larg. : 32 cm.

221 JONGKIND (Johan-Barthold). — *Environs de Nevers.*

Une paysanne, coiffée d'un chapeau de paille à larges bords, la quenouille à la main, est debout vers la gauche d'une route qui occupe toute la largeur du premier plan. Plus loin, une maison dont les toits sont en partie cachés par un bouquet d'arbres.
Dans le fond, la plaine s'étend jusqu'à l'horizon, sous le ciel bleu, où courent quelques nuages blancs.
Signé à droite et daté 1882.

Toile. — Haut. : 24 cm. ; larg. : 33 cm.

222 LAMY (Eugène), 1800-1890. — *Un cavalier.*

Vêtu d'un habit rouge et monté sur un cheval gris pommelé, un cavalier se promène dans un bois.
Signé à droite.

Toile. — Haut. : 24 cm. ; larg. : 32 cm.

223 LEPINE (Stanislas), 1836-1892. — *Effet de lune.*

Au bord d'un canal où la lune vient se refléter, plusieurs chalands sont amarrés le long de la berge que bordent des maisons, un massif de verdure et la tour d'une église.
Signé à gauche.

Toile. — Haut. : 45 cm. ; larg. : 60 cm.

224 LEPINE (Stanislas). — *Paris, la place de la Concorde.*

La place, vue de la terrasse des Tuileries, est sillonnée de voitures et de passants. Au delà des arbres du fond, la silhouette du Trocadéro se détache sur le ciel.
Signé à gauche.

Toile. — Haut. : 22 cm. ; larg. : 37 cm.

225 LEPINE (Stanislas). — *Herbage aux environs de Caen.*

Au premier plan, une prairie entourée d'une barrière. Dans le fond, les maisons de la ville.
Signé à droite.
N° 325 du catalogue de la vente Cals, 16 février 1881.

Toile. — Haut.: 19 cm.; larg.: 35 cm.

226 LEPINE (Stanislas). — *La Seine à Bercy.*

A gauche, sur la pente de la berge, un homme portant un seau s'approche de deux chevaux dételés. Plus haut, une rangée de maisons se prolonge jusqu'à un pont. A droite, une grande usine.
Signé à gauche.

Toile. — Haut.: 29 cm.; larg.: 59 cm.

227 LEPINE (Stanislas). — *La Seine à Rouen.*

Au premier plan, des radeaux sont amarrés à une estacade près de laquelle des débardeurs déchargent un navire. Plus loin, les maisons du port. Sur l'autre rive, un massif de verdure.
Signé à droite.

Toile. — Haut.: 32 cm.; larg.: 46 cm.

228 LEPINE (Stanislas). — *Vue du Trocadéro.*

Des chalands passent sur la Seine, se dirigeant vers le Trocadéro que l'on aperçoit dans le fond, à droite.
Signé à gauche.

Panneau. — Haut.: 15 cm.; larg.: 23 cm.

229 LEPINE (Stanislas). — *La Seine près du Pont-Neuf.*

Près d'un bateau-lavoir, des promeneurs circulent sur la berge où se dresse un grand arbre. On aperçoit au loin le Pont-Neuf et le Palais de Justice.
Signé à gauche.

Panneau. — Haut.: 15 cm.; larg.: 23 cm.

230 LEPINE (Stanislas). — *Les bords de la Seine.*

A gauche, une femme longe les talus gazonnés de la berge. A droite, s'étend le fleuve.
Signé à gauche.

Toile. — Haut.: 18 cm.; larg.: 33 cm.

231 LEPINE (Stanislas). — *La Seine près du Pont des Arts.*

Au premier plan et à gauche, sur la rivière, des remorqueurs et une barque avec rameurs. A droite, l'Institut; titut; au fond, le Pont des Arts avec vue sur la Cité.
Signé à gauche.

Panneau. — Haut.: 16 cm.; larg.: 23 cm.

232 LEPINE (Stanislas). — *Le bassin du port de Caen.*

A droite, un pêcheur s'apprête à monter dans une barque. A gauche, près d'un sémaphore, un voilier est amarré. Dans le fond, un grand navire gagne la mer.
Signé à droite.

Toile. — Haut. : 20 cm.; larg. : 32 cm.

233 LEPINE (Stanislas). — *L'Esplanade des Invalides.*

Au premier plan, à droite, un invalide se promène avec son chien. Dans le fond, quelques passants et un groupe de cavaliers.
Signé à droite.

Toile. — Haut.: Haut.: 40 cm.; larg.: 32 cm.

234 LEPINE (Stanislas). — *La Seine à Bercy.*

Au premier plan, des chalands sont amarrés près de la berge couverte de neige sur laquelle sont alignés des tonneaux. Dans le fond, un pont et, au loin, la silhouette de Notre-Dame.
Signé à droite.

Toile. — Haut. : 28 cm.; larg. : 46 cm.

235 MANET (Edouard), 1832-1883. — *La Leçon de musique.*

Vu de face, en veston noir et pantalon gris, un homme est assis sur un canapé vert et joue de la guitare, à côté d'une femme en robe noire décolletée, les bras nus, une fleur dans les cheveux et un cahier de musique sur les genoux.
Signé à gauche.
N° 1851 du catalogue du Salon de 1870.
N° 3 du catalogue de la vente Manet, 4 février 1884.
Cité dans *Edouard Manet*, par Th. Duret, page 224, n° 127.
Reproduit dans Meier Graefe, *Die Entwicklungsgeschichte der modernen Kunst*, tome III, page 54.

Toile. — Haut.: 1 m. 40; larg.: 1 m. 73.

236 MANET (Edouard). — *Buste de femme nue.*

Une jeune femme brune, vue de trois quarts à droite, le buste découvert, quelques boucles de cheveux sur le front, un ruban de velours autour du cou, retient avec ses mains, à la hauteur de la ceinture, une écharpe noire.
Signé à gauche.
Cité dans *Edouard Manet*, par Th. Duret, page 230, n° 149.

Toile. — Haut.: 60 cm.; larg.: 49 cm.

237 MANET (Edouard). — *Sur la plage.*

A gauche, une femme, en manteau gris et en chapeau de paille à rubans noirs dont le grand voile blanc couvre les épaules, est assise et lit un livre. A côté d'elle, à droite, un homme, vêtu de noir et coiffé d'un béret, est étendu, appuyé sur le coude.
Dans le fond, sur la mer, passent des bateaux à voiles.
Signé à droite.
Les personnages représentés dans ce tableau sont Mme Edouard Manet et M. Eugène Manet.
Reproduit dans Meier Graefe, *Entwicklungsgeschichte der Modernen Kunst*, tome III, page 54.
Cité dans *Edouard Manet*, par Th. Duret, page 232, n° 161.
N° 71 du catalogue de l'exposition Manet à l'Ecole des Beaux-Arts, 1884.

Toile. — Haut.: 57 cm.; larg.: 72 cm.

238 MILLET (Jean-François), 1814-1875. — *Le Coup de vent.*

Au plus fort de la tempête qui balaye de ses rafales le paysage, un grand chêne, déraciné par la violence du vent, tombe et menace dans sa chute un berger et son troupeau qui s'enfuient. Dans le ciel couvert de nuages, on aperçoit à l'horizon une éclaircie au-dessus d'un village.

Signé à gauche.

N° 45 du catalogue de la vente Millet, 10 mai 1875.

Toile. — Haut.: 90 cm.; larg.: 1 m. 18.

239 MILLET (Jean-François). — *La Fin de la journée* (*L'homme à la veste*).

Au crépuscule, la journée finie, un paysan, debout dans un champ, a posé sa pioche à côté de lui et remet sa veste.

A gauche, l'étoile du soir brille dans le ciel.

A droite, cachet de la vente J. F. Millet.

N° 31 du catalogue de la vente Millet, 10 mai 1875.

N° 58 du catalogue de l'Exposition Millet à l'École des Beaux-Arts, 1887.

N° 473 du catalogue de l'Exposition centennale de l'Art français, 1900 (sous le titre : « l'Homme à la houe. »)

Toile. — Haut.: 58 cm.; larg.: 73 cm.

240 MILLET (Jean-François). — *Paysanne.*

Les mains croisées sur les genoux, vêtue d'un tricot rouge à manches bleues et en tablier blanc, elle est assise, adossée à un tronc d'arbre, dans une prairie.
Dans le fond, quelques moutons.
Initiales J. F. M., à droite.
N° 57 du catalogue de l'Exposition Millet à l'Ecole des Beaux-Arts, 1887.

Panneau. — Haut.: 18 cm.; larg.: 24 cm.

241 MILLET (Jean-François). — *Effet de soir.*

Dans l'ombre que projettent deux grandes meules qui se dressent vers la droite d'une prairie où paissent des moutons, un paysan, couché sur le sol, parle à une femme assise près de lui.
Dans le fond, la lisière d'un bois se détache sur le ciel, au crépuscule.
A droite, cachet de la vente Troyon.
Collection Troyon.
N° 63 du catalogue de l'Exposition Millet, à l'Ecole des Beaux-Arts, 1887.
Voir au n° 247 du catalogue de la collection de dessins de la vente H. Rouart, le dessin du même tableau.

Panneau. — Haut.: 24 cm.; larg.: 39 cm.

242 MILLET (Jean-François). — *Bûcheronnes.*

Trois femmes reviennent de la forêt, courbées sous le poids des grands fagots qu'elles portent sur leur dos.
A droite, cachet de la vente J.-F. Millet.
N° 46 du catalogue de l'Exposition Millet à l'Ecole des Beaux-Arts, 1887.

Toile. — Haut.: 82 cm.; larg.: 1 m.

243 MILLET (Jean-François). — *Les Etoiles filantes.*

Deux couples enlacés traversent l'espace où des étoiles brillent dans le ciel légèrement voilé.
(Episode de *l'Enfer* du Dante, chant V, Paolo et Francesca.)
N° 61 du catalogue de la vente Alexandre Dumas fils, 16 février 1882.
N° 472 du catalogue de l'Exposition centennale de l'Art français, 1900.

Panneau. — Haut.: 18 cm.; larg.: 33 cm.

244 MILLET (Jean-François). — *La Tentation de Saint-Hilarion.*

Le Saint, la tête renversée en arrière, repousse une femme qui l'entoure de ses bras.
N° 71 du catalogue de la vente Sensier, 8 décembre 1877.
N° 10 du catalogue de l'exposition Millet à l'Ecole des Beaux-Arts, 1887.

Toile. — Haut.: 16 cm.; larg.; 22 cm.

245 MILLET (Jean-François). — *L'Amour endormi.*

Il est couché sur l'herbe, son carquois rouge et son arc auprès de lui.
Signé à droite.
N° 67 du catalogue de la vente Sensier, 8 décembre 1877.
N° 12 du catalogue de l'exposition Millet à l'Ecole des Beaux-Arts, 1887.

Panneau. — Haut.: 16 cm.; larg.: 22 cm.

246 MILLET (Jean-François). — *Mère et Enfant.* 1600

Une jeune femme, vue de face, et vêtue de rouge regarde une fleur que lui présente un jeune enfant, nu, couché devant elle. (2t tableau. - Commencement de Bh.)

Panneau. — Diamètre : 16 cm.

247 MILLET (Jean-François). — *Le Barde et Ophélie.* 8500

Un vieillard, nu jusqu'à la ceinture, une draperie brune sur les jambes, est assis sur un rocher qu'entourent des broussailles. A côté de lui, une femme se tient debout, le torse nu, le bas du corps drapé de blanc.
Traces de signature à droite. Commencement de Bh.

beaucoup les étoiles filantes. Panneau. — Haut. : 28 cm. ; larg. : 22 cm.

248 MILLET (Jean-François). — *Entrée de la forêt à Barbizon.* (très noir. 2t tableau.) 6700.

Une femme, assise au bord de l'eau, au pied d'un arbre. A la tombée du soir, les grands arbres de la forêt au-dessus desquels brillent, dans le ciel, les dernières lueurs du couchant.
Au premier plan, une gardeuse de dindons.
Signé à droite.
N° 49 du catalogue de l'exposition Millet à l'Ecole des Beaux-Arts, 1887.

Panneau. — Haut. : 26 cm. ; larg. : 14 cm.

3000 249 MILLET (Jean-François). — *Baigneuse.* 10 000.

un linge sur les genoux, arrange sa coiffure.
Initiales J. F. M., à droite. beaucoup la même

Panneau. — Haut. : 21 cm. ; larg. : 15 cm. 1/2.

250 MILLET (Jean-François). — *Le Vieux Mendiant.*

Vêtu d'un pantalon d'étoffe verte, un grand c.apeau dans la main droite, un vieux mendiant à barbe blanche, son bâton à la main, est assis sur un banc.

Panneau. — Haut.: 24 cm.; larg.: 1E cm.

251 MILLET (Jean-François). — *La Sainte Fan.ille.*

Saint Joseph contemple la Vierge, qui est assise en face de lui, l'Enfant Jésus sur ses genoux.

Au fond, à droite, les dernières lueurs du couchant.

Toile. — Haut.: 27 cm.; larg.: 26 cm. 1/2.

252 MONET (Claude). — *Matinée dans le port du Havre.*

Les premières lueurs de l'aube se reflètent dans l'eau et dissipent les brumes du matin qui cachent encore une partie de la rade, où des navires sont à l'ancre.

Dans le ciel chargé de nuages, une éclaircie où apparaît le soleil.

Au premier plan, un canot à l'arrière d'un bateau, à droite une barque montée par plusieurs hommes.

Signé à gauche.

Toile. — Haut.: 49 cm.; larg : 60 cm.

253 MONET (Claude). — *Les Bords de la Seine à Argenteuil.*

Sous le ciel parsemé de nuages blancs, le fleuve s'élargit vers le premier plan où trois femmes passent sur une route, près des grands arbres qui bordent la berge. Dans le fond, à droite, on aperçoit des promeneurs et une grande maison à tourelle.
A gauche, au delà de deux bateaux à voiles, un rideau d'arbres longe l'autre rive.
Signé à gauche.

Toile. — Haut.: 53 cm.; larg.: 71 cm.

254 MONET (Claude). — *Effet d'hiver à Argenteuil.*

Au premier plan, de grands blocs de pierre dans un chantier couvert de neige.
Dans le fond, à gauche, des arbres et des maisons, et, à droite, des toits dominés par un clocher.
Signé à droite, et daté 1875.

Toile. — Haut.: 59 cm.; larg.: 80 cm.

255 MONET (Claude). — *Le pavé de Chailly dans la forêt de Fontainebleau.*

A gauche, la grand'route, bordée des deux côtés par de hautes futaies, se dirige vers le fond du paysage. Au premier plan, un grand hêtre isolé se dresse dans l'herbe d'une clairière.
Ciel chargé de nuages.
Signé à gauche.

Toile. — Haut.: 95 cm.; larg.: 1 m. 29.

256 MONET (Claude). — *Le Champ de foire.*

Vers le milieu d'une prairie qui occupe le premier plan, une rangée d'arbres traverse le champ de foire.
De toutes parts, la foule se presse devant les baraques, dont l'une, à droite, est pavoisée de drapeaux.
Signé à droite.

Toile. — Haut.: 60 cm.; larg.: 80 cm.

257 MONTICELLI (Adolphe), 1824-1886. — *Portrait d'homme.*

Vu de face, en buste, cheveux bruns, fortes moustaches, vêtement noir, gilet très ouvert laissant voir le blanc de la chemise et du col et la cravate noire.

Panneau. — Haut.: 65 cm; larg.: 51cm.

258 MORISOT (Berthe) 1845-1895. — *Sur la terrasse.*

Une femme, en robe mauve et chapeau de paille, est assise dans un fauteuil, sur une terrasse, devant une chaise sur laquelle est posé son ouvrage. A gauche, au delà de la balustrade, on aperçoit une falaise avec des personnages. Au fond, des bateaux à voiles sur la mer.

Toile. — Haut. : 45 cm. ; larg. : 54 cm.

259 PISSARRO (Camille). — *Paysage.*

A gauche, une allée ombragée où passent deux femmes et un cavalier.
A droite, se détachant sur un rideau d'arbres, au fond d'une prairie, une maisonnette.
Nuages blancs dans le ciel.
Signé à droite et daté, 1872.

Toile. — Haut. : 49 cm.; larg. : 64 cm.

260 PISSARRO (Camille). — *La Grand'Route.*

Au premier plan, à la sortie d'un village et bordée d'arbres, la grand'route où passent une charrette couverte d'une bâche et des piétons. A droite, en bordure, plusieurs tas de pierres.
Signé à gauche et daté, 1870.

Toile. — Haut. : 38 cm.; larg. : 45 cm.

261 PISSARRO (Camille). — *Lisière d'un bois aux environs de Paris en hiver.*

Au premier plan, un garçonnet est assis sur un tertre où une femme ramasse du bois mort.
Plus loin, à travers les arbres dépouillés, on aperçoit les maisons du village.
Signé à gauche.

Toile. — Haut. : 37 cm.; larg. : 46 cm.

262 PISSARO (Camille). — *Paysage aux environs de Paris.*

Au premier plan, dans une prairie, une femme et une fillette sont assises sous un pommier.
A droite, les terres labourées et un chemin conduisant au village que l'on aperçoit au loin.
Signé à gauche et daté, 1870.

Toile. — Haut. : 45 cm.; larg. : 55 cm.

263 PISSARRO (Camille). — *Paysage.*

A droite d'un chemin, des terres labourées et un tas de de bois; à gauche, sur le talus bordé de petits arbres, une chèvre gardée par une fillette.
Dans le fond, les maisons du village se détachent sur le ciel clair, parsemé de nuages.
Signé à droite.

Toile. — Haut. : 49 cm.; larg. : 79 cm.

264 PUVIS DE CHAVANNES (Pierre) 1824-1898. —
L'Espérance.

Elle est représentée sous les traits d'une jeune fille nue, assise sur un tertre recouvert d'une draperie blanche et tenant à la main un rameau vert.
Derrière elle, on aperçoit, dans la plaine, des tombes et des ruines.
Au bas du ciel, les premières lueurs de l'aube.
Signé à gauche.
N° 19 du catalogue de l'Exposition Puvis de Chavannes, galeries Durand-Ruel, 1899.
Cité dans Marius Vachon, *Puvis de Chavannes* (Paris, 1895), page 70.
Reproduit dans A. Alexandre, *Puvis de Chavannes* (Londres, chez Newnes), page 60.

Toile. — Haut. : 70 cm.; larg. : 79 cm.

265 PUVIS DE CHAVANNES (Pierre). — *Marseille, colonie grecque.*

Au bord de la mer bleue, près d'arbustes et d'orangers, deux femmes, l'une drapée de rouge, l'autre vue de profil et tressant un panier, sont assises. Auprès d'elles, un jeune garçon nu, les jambes relevées, est couché sur le sable.
A gauche, près du rivage, un îlot.
Signé à gauche.
Première pensée pour la décoration : Marseille, colonie grecque, au Palais de Longchamp, à Marseille, citée dans Marius Vachon, *Puvis de Chavannes*, page 98.

Toile. — Haut. : 59 cm.; larg. : 72 cm.

266 PUVIS DE CHAVANNES (Pierre). — *Femme nue.*

Elle est assise dans un verger, sur des rochers couverts de mousse, au bord d'un ruisseau et lève le bras pour cueillir des fruits dont elle remplit un panier posé à côté d'elle.
Signé à droite.

Toile. — Haut. : 40 cm.; larg. : 24 cm.

267 PUVIS DE CHAVANNES (Pierre). — *Portrait de M. Villiers.*

Il est vu de face, jusqu'à la naissance des épaules, en col blanc et cravate noire. Cheveux, favoris et moustache noirs.
Signé à droite et daté, 1851.

Panneau. — Haut. : 30 cm.; larg. : 26 cm.

268 RENOIR (Pierre-Auguste). — *La Parisienne.*

Une jeune femme, vue de trois quarts vers la gauche, les yeux noirs et la figure souriante, est debout, la tête de face. Sa robe bleue à corsage garni d'une double rangée de boutons se détache sur un fond clair. De larges manchettes blanches retombent sur ses mains gantées et croisées à hauteur de la ceinture; le bout de son pied dépasse le bas de sa jupe à volant et à pouf.
Du petit chapeau, orné d'une rose, quelques mèches de cheveux s'échappent sur le front.
Signé à gauche et daté 1874.
N° 143 du catalogue de la première Exposition des Impressionnistes, Paris, 1874.

Toile. — Haut. : 1 m. 60; larg. : 1 m. 06.

269 RENOIR (Pierre-Auguste). — *Allée cavalière au Bois de Boulogne.*

Dans une allée du Bois, un jeune garçon, sur un poney, galope à côté d'une amazone vêtue de noir et qui monte un cheval gris au trot.
A droite, un rideau d'arbres et à gauche, au fond du paysage, les eaux du lac.
Signé à gauche et daté 1873.
Refusé au Salon de 1873.
Cité dans Th. Duret, *Histoire des peintres impressionnistes*, page 132.
Reproduit dans Meier-Graefe, *Entwicklungsgeschichte der modernen Kunst*, tome III, page 85.

Toile. — Haut. : 2 m. 61 ; larg. : 2 m. 26.

270 RENOIR (Pierre-Auguste). — *Femme dans un jardin.*

Assise dans un jardin devant un treillage orné de plantes grimpantes, elle est vue de profil à droite, en costume bleu foncé à parements de velours gris, coiffée d'un petit chapeau garni de plumes, la main droite gantée, la main gauche posée sur une table, près d'un bouquet de violettes.
Signé à gauche.

Toile. — Haut. : 1 m. 05 ; larg. : 71 cm.

271 RICARD (L.-Gustave), 1824-1873. — *Portrait de M. Moreau.*

Il est vu en buste, de trois quarts à gauche, les cheveux, la barbe et les moustaches noirs, en vêtement sombre sur lequel se détache le col blanc.
N° 6 du catalogue de la vente Ricard, 20 juin 1873.
N° 574 du catalogue de l'Exposition centennale de l'Art français, 1900.

Toile. — Haut. : 55 cm. 1/2 ; larg. : 42 cm. 1/2.

272 RICARD (L.-Gustave). — *Nature morte.*
Sur une table d'atelier, devant un flacon d'essence, sont posés deux pinceaux, deux vessies à couleur et un godet.
N° 578 du catalogue de l'Exposition centennale de l'Art français, 1889.
Panneau. — Haut. : 31 cm. ; larg. : 24 cm.

273 ROUSSEAU (Théodore), 1812-1867. — *Paysage.*
Au milieu d'une plaine, dans la forêt de Fontainebleau, des chênes près de blocs de rocher.
A droite, cachet de la vente Th. Rousseau.
Panneau. — Haut. : 44 cm.; larg. : 52 cm.

274 ROUSSEAU (Théodore). — *Vue de la Ville de Bressuire (Deux-Sèvres).*
Au crépuscule, les terrains du premier plan, déjà à demi dans l'ombre.
Dans le lointain, la ville et le clocher de l'église détachent leur silhouette sur le ciel.
Signé à gauche.
Cité dans *Souvenirs sur Théodore Rousseau,* par A. Sensier.
Toile. — Haut. : 21 cm.; larg. : 32 cm.

275 ROUSSEAU (Théodore). — *Paysage à Thiers (Puy-de-Dôme).*
Dans le haut du paysage, des maisons sont adossées à un rideau de verdure. Entre deux rochers à pic, se déverse la nappe écumeuse d'une chute d'eau.
A droite, cachet de la vente Th. Rousseau.
Toile. — Haut. : 44 cm.; larg. : 31 cm.

276 ROUSSEAU (Théodore). — *Portrait de l'artiste.*
Il s'est représenté en buste, les cheveux noirs ébouriffés, un foulard rouge au cou, en chemise blanche.
A droite, sur le mur, des tableaux encadrés.
A droite, cachet de la vente Th. Rousseau.
Toile. — Haut. : 23 cm.; larg. : 18 cm.

277 STEUBEN (Charles, baron de), 1788-1856. — *Portrait d'Eugène Delacroix.*

Il est vu de face et en buste, en redingote, col blanc et cravate blanche, la figure rasée, les cheveux noirs légèrement bouclés.

Cité et reproduit dans *Eugène Delacroix*, par Alfred Robaut, page XLVI, n° 10.

Toile. — Haut. : 62 cm.; larg. : 48 cm. 1/2.

278 TASSAERT (Octave), 1800-1874. — *Femme et Fillette dans la neige.*

Assises sur le seuil d'une porte fermée, elles dorment près d'un tas de fagots.

La petite fille appuie sa tête sur les genoux de la femme qui est adossée au mur.

Signé des initiales O. T., à droite.

Cité dans *Octave Tassaert*, par Bernard Prost, page 41, n° 208.

Toile. — Haut. : 41 cm.; larg. : 32 cm. 1/2.

279 TASSAERT (Octave). — *Le Retour du bal.*

Une jeune femme en costume de soirée est assise dans un fauteuil, la tête appuyée sur un oreiller. Debout, près d'elle, sa mère, en robe grise, lui prend la main. A terre, un loup de velours noir.

A droite, sur une chaise, une sortie de bal. Dans le fond, une table de toilette.

Signé à gauche et daté 1855.

N° 624 du catalogue de l'Exposition centennale de l'Art français, 1889.

N° 42 du catalogue de la vente Cachardy, 8 décembre 1862.

Cité et reproduit dans *Octave Tassaert*, par Bernard Prost, page 28, n° 118.

Toile. — Haut. : 54 cm.; larg. : 45 cm.

280 TASSAERT (Octave). — *La Tentation de saint Antoine.*

Saint Antoine, le capuchon ramené sur la tête, les deux mains jointes sur la Bible, prie avec ferveur sans détourner la tête vers trois femmes demi-nues qui sont derrière lui. Signé des initiales O. T., à droite.

Cité dans *Octave Tassaert*, par Bernard Prost, page 39, n° 186.

Toile. — Haut. : 60 cm.; larg. : 50 cm.

281 TASSAERT (Octave). — *Liseuse dans un bois.*

Vêtue d'une robe grise et couchée sur une draperie rouge, elle s'appuie sur le coude droit et tient de la main gauche le papier qu'elle lit.

Signé des initiales O. T., à droite.

Cité dans *Octave Tassaert*, par Bernard Prost, page 50, n° 286.

Toile. — Haut. : 32 cm.; larg. : 24 cm.

282 TASSAERT (Octave). — *Suicide d'une ouvrière.*

Vêtue d'une robe bleue, la tête penchée en avant, la main gauche appuyée sur le marbre, elle est assise sur une chaise devant la cheminée.

A ses pieds, un réchaud allumé et une lettre décachetée. Signé des initiales O. T., à droite.

Toile. — Haut. : 32 cm.; larg. : 24 cm.

283 TASSAERT (Octave). — *Les Enfants au lapin.*

Une fillette présente un lapin à un enfant vêtu de blanc, aux cheveux blonds bouclés, debout devant elle.

Signé à droite.

Cité dans *Octave Tassaert*, par Bernard Prost, page 27, n° 104.

Toile. — Haut. : 32 cm.; larg. : 24 cm.

284 TOULOUSE-LAUTREC (Henri de), 1864-1901. — *Femme dans un jardin.*

Vue de trois quarts à gauche, en robe grise, elle est assise, les mains croisées sur les genoux. Quelques mèches de ses cheveux coiffés en casque retombent sur son front. Dans le fond, les arbres du jardin.
Signé à gauche.

Peinture sur carton. — Haut. : 89 cm.; larg. : 62 cm.

285 TROYON (Constant), 1810-1865. — *Le Poudreux, près Honfleur.*

Au premier plan, quelques oiseaux de mer. Plus loin, un pêcheur, dans l'eau jusqu'à mi-jambes, son filet sur l'épaule, regagne le rivage. A gauche, sur la mer, des bateaux; à droite, les maisons du village et des massifs d'arbres.
Effet de matin, ciel gris.
A droite, cachet de la vente Troyon.

Panneau. — Haut. : 36 cm.; larg. : 46 cm.

1ère Vacation (Tableaux modernes)	1763 945
2e Vacation (id)	2143 450
3e Vacation (Tableaux anciens)	749 465
Total général	4656 860

Les tableaux modernes à eux seuls — 3907 395

Les tableaux anciens — 749 465

www.ingramcontent.com/pod-product-compliance
Lightning Source LLC
LaVergne TN
LVHW020404230826
846091LV00003B/1138
9782329731841